鴻上眼科のあやかしカルテ

鳥村居子

JN102840

一二三文庫

この物語はフィクションです。
実在の人物、団体等とは一切関係がありません。

目次

序章

私はいまだかつてない危機に瀕していた。

「はっきり言うとお前は呪われている」

転職したばかりの病院で顔の良い医者に、急にこんなことを言われたからだ。

この顔の良い医者の名前は鴻上《こうがみ》という。

呪われているというのはどういう意味なのだろうか。

「いや、さすがにそれは段階をスキップしすぎなのでは」

鴻上医師の隣にいた眼鏡をかけた医師が、意味のわからないことを言い出した。彼の名は真田《さなだ》という。段階をスキップと言われても、何のことを指摘しているのか。

呆れたような眼差しを送る真田先生に、鴻上先生が自信満々な笑みを浮かべた。そうして真田先生の言葉を一蹴したのだ。

「黙れ、うるさい。こういうのは早めに言ったほうがいい」

「あ、あの……それは、どういう？」

戸惑う私に鴻上先生が言葉を続けた。

「どうもこうもない、そのままの意味だ。お前は呪われていて、近いうちに命が危うくなるだろう」

「そ、それはどのくらい……」

唇を震わせながらそう言うと、鴻上先生は唇を吊り上げながら私を指差して言葉を発した。

「ふん、はっきりしたことがわからない以上は具体的なことなど言いようがない。ただ、そろそろ遺言を残したほうがいいだろうな。心残りがないようにしろ」

「わ、私は……」

急に遺言を残せと言われても困る。月野香菜《つきのかな》こと私は、この病院に看護師として働きに来たのだ。患者として死にに来たのではない。

そもそもこの病院は眼科だ。どうして死ぬようなことになるのか。

大体、呪いとは一体何なのか。

まさかこれは嫌がらせなのか。

今日から働きに来た私への遠回しなパワハラなのか。

何もかもわからないまま、私は自分の信念を口にする。

「看護師という仕事を続けたいがためにここに来たんです。だから、そんな呪いになんて負けません！」

「ほう、よく言った」

鴻上先生は声高に笑った。あまりに清々しい笑いであったため、私も思わずじっと見つめてしまった。

凄まじく顔の良い鴻上先生は、自信たっぷりに、それでいて傲岸不遜に腕を組んで、顔を斜め上に傾けながら私を見下ろしてくる。

「ならば、あがいてみるがいい。お前の傍で見てやろう」

鴻上先生の言葉に私はぽかんと口を開けるしかなかった。

とんでもない病院に来てしまったようだ。私はどうしてこんなことになってしまったのか、思い返した。

第一章

「香菜、また病院、辞めちゃったの？」

職安の帰り道、道を歩いていると、友人からかかってきた電話の一声に私は思わず吹いてしまった。あまりな言いようだったからだ。

横断歩道を渡ろうとしていた私は足を止めて、道端の隅まで移動した上で返事をする。

「そうだよ！　心配してくれてありがとう、でも、どこから？」

そう私が言うと友人は電話の向こうで呆れたような声が聞こえてくる。

「そりゃＳＮＳでもつぶやいているし、連続であれだけ病院を辞め続けているんだから、いやでも色々なところから耳に入ってくるよ。……それで、もしかして……また？」

「そう、また。同じ理由だよ」

――そう、同じ理由だ。

視界が薄暗くなる。遠くから声が聞こえてくるようだ。

――この役立たずめ！

――まったく何のためにお前を雇ったのかわからんな。お前なんぞ、よそにいっても通用せんぞ！

――どうしようもないクズだな、存在価値すらない。

険しい顔で悪意に満ちた眼差しを向けてくる男の顔を思い出して、私は首を横に振った。

しばらくの沈黙を察したのか、友人が苦しそうな息を吐き出してくる。そこに配慮の色を感じ取り私は慌ててフォローした。

「でも大丈夫、気持ち的には全然平気だから。ひどくなる前にやめたから全然！　平気！」

「そう？」

心配そうな友人の声に私はうなずいた。

「うん、さすがに、何回も同じ理由で辞めているからね。気持ちの切り替えには慣れているから平気。そうやって気にかけてくれるだけで嬉しいよ」

「次は見つかったの？」

その言葉にごまかすように笑う。一歩前に足を踏み出して、片手で鞄を開ける。

「ううん、でも……そろそろ……」

そう言いながら私は鞄からプリントした履歴書を取り出す。

職歴にはたくさんの病院の名前が並んでいる。うんざりしてため息を吐こうとして、やめた。

「この若さでこれだけ辞めていたら、さすがに本人に問題あると思われるよね。でも、面接で取り返せると思うんだけど、どうかな？」

「実際、進捗はどうなの？」

その問いに私は首を横に振って答える。

「実はエントリーだけで全滅。これじゃ受ける病院がなくなるのも時間の問題かもね。ただ、それなら都内はやめて埼玉や千葉とか、地域を広げるだけだから。九州とか北海道でもいいかもね。新しい場所って、それだけでわくわくするよね！」

「……」

友人の含みのある呼吸に私は首を傾げた。やがて恐る恐るといった様子で友人が言葉を紡ぐ。

「新しい場所ねぇ……うーん、住んでいる場所、変わってないよね？」

「そうだけど」

「あの、その近くなら、もしよければ人手の足りなくて困っている病院を知っているんだけど……ただ……」

「ただ？」

友人の、はあ、というような困惑と不安がないまぜになったため息を聞いて不安になる。彼女は、一体何を口にしようとしているのだろう。

やがて紡がれた言葉は、どこか陰りがあった。

「……実は、かなり訳ありで」

◆

――実は、かなり訳ありで。

私はその言葉を思い返す。ずいぶん意味ありげだった。

友人との電話を終えた私はラーメン屋に入り、券売機の前に立つ。

そこはもやしや豚肉が多めのラーメンが売りの店だ。その中で女性用に野菜と肉の少なめなメニューを選んでチケットを買う。

訳ありだとしても、働く場所がなければ生きていけない。

がらがらの店内だ。ぶっきらぼうな店員に券を差し出すと、やがてラーメンが運ばれてくる。ラーメンを運び終えると、店員はやってきた常連と喋り始めた。それを横目で見ながらラーメンの写真を撮影する。ここの店員はいつもそうだ。お喋りする常連に優しい。私も常連だが、交流は苦手だ。ラーメンくらいは静かに食べたい。

ラーメンの写真をコメントつきでＳＮＳに上げると、ピロンと音がして、すぐに呟きにイイネとリプがくる。電話をかけてくれた友人だ。私の様子をＳＮＳごしでも気にかけてくれていたのだろう。

こうして心配してくれる友人がいるだけでもありがたいものだ。

嫌なことがあってもラーメンを食べるかのように、何でもかんでも飲み込んでしまえばいい。

割り箸を割って豪快に麺をすすり上げた。

ラーメンを食べれば元気が出るのだ。単純な自分自身に、つい笑顔が零れた。

◆

あれよあれよという間に面接まで進んだ。

友人が言うように人手が足らないというのは本当だったらしい。教えてもらったサイトに履歴書を応募すると、すぐに返信がきたからだ。

私はつばを飲み込んで指定された病院にやってきた。

都内にあるその眼科は、地域病院だというのに三階建てで入院用の病棟がある。薄青の壁で、どこか冷たさの中に安心感を覚えさせる四角いビルだ。

鴻上眼科。ネットの評判を見たが、的確に診《み》てくれるらしく評判がいい。先生は二人いるようだが、外来で接する先生は一人らしい。

病院の外来は今の時間は休みのようだ。

だからこそ面接の時間として指定されたのだ。

病院に入り、少し広めの待合室で受付の女性に面接に来た旨を伝える。

――受付の看護師。

どこか上っ面の表面で働いている。生気が感じられない。

この病院は大丈夫だろうか。どういう病院かは看護師を見ればなんとなくわかるからだ。

やがて一室に来るように案内されて、ノックをして部屋に入ると、そこには清潔感あふれる狭い部屋のソファーに短髪の壮年男性が座っているのが見えた。

彫りの深い顔立ちで額が広く、てっぺんにもじゃもじゃした茶色の髪の毛が生えている。笑っている顔は好印象に思えるほど明るく、見ようによっては、どこか外国人にも見えてしまう。細い眼鏡と、身長が高く、しゅっとしている体格のせいでもあるのだろうか。

「初めまして、こんにちは。そこに座って」

この病院の主な医師は二人いて、病院の名前になっている鴻上医師と外来を専門に見る真田医師。ネットの評判をみると海外の俳優によく似たおじちゃんと書かれていたから、彼がそうなのだろう。

壮年男性の向かい側にあるソファーに座ろうとした途端、乱暴な動きで扉が開いた。びくりと肩を震わせると、そこには背の高く、髪が無造作に乱れており、どこか薄暗い表情の青年がいた。白衣が輝くように目立った。

よくよく見ると彼の容姿はとても整っていた。今までいろんな人を見てきたが、これほどまでに綺麗な青年は見たことない。陰りを帯びた雰囲気に隠されているが、近くで見ると改めて、その美しさがわかった。

だが、ものすごい隈だ。目の周りに墨でも塗りつぶしているみたいだ。思わずパンダを思い出してしまう。

「……ああ、彼は鴻上医師だ。ここの院長だよ。急にごめんね」

そう真田先生は私に詫びるように言った。

院長というには、かなり若い青年だ。

そして彼は、かなり険しい表情で私を見つめている。

「……真田、この女は」

鴻上先生が声を発した。

見た目の割には低い声に私は肩を震わせる。

初対面だというのに、あまりに酷い言い方に私は目を丸くして身をこわばらせた。

「鴻上先生……」

たしなめるような響きをもって真田先生が返答する。

やがて鴻上先生は腕を組んでフンと鼻息を荒くして言ったのだった。

「おい、この女は俺が見る」

「……そうかい。君がそう言うなら意味のあることなんだろう、任せるよ」

真田先生はどこか呆れた色を混ぜながら私と鴻上先生を交互に見た。

「そうだ、理解の早いお前だから助かるぞ」

そう言いながら鴻上先生はふんぞり返るかのように背筋を伸ばしている。

「はいはい……急に戸惑わせて申し訳ないね。ここからは鴻上先生が担当するから心配しなくていいよ」

そう言って真田先生は部屋から出ていく。

いいや、逆に心配なのだが。

あとには私と鴻上先生が残されたのだった。

鴻上先生はソファーに座ることなく、ふんぞり返ったまま、私を見下ろしながら言った。

「さて、それではこの俺がお前を直接、見定めてやるとしよう。存分に覚悟するといい」

「あ、いいえ、はい……」

私は戸惑いながらも返すと、鴻上先生の気に触ったようだ。

「なんだ、その気の抜けた返事は。もっと腹から声を出せ」

「はい！」

そんなふうに言われたので、私は勢いよく返事をした。ここで彼の機嫌を損ねるのは悪い。なにせ面接だ。ファーストインプレッションが大事なのだ。

私の態度に鴻上先生は気を良くしたようだ。

「よし、それでいい。素直で従順なのはいいことだ」

そう言って私を足先から頭までじろじろと舐め回すように見てくる。無言のまま観察されるので、私は困惑するばかりだ。

「あ、あの……」

あまりにも長く観察されるので、思わず私は鴻上先生に問いかけてしまう。

「どうして、そんなに私をじっと見つめているんですか」

「黙れ。今、俺は集中しているんだ」

そう一蹴されて私は首を傾げた。どうして私を見つめることに、わざわざ集中するのだろうか。なかなか変わった面接だ。

やがて鴻上先生は肩を小刻みに震わせて笑った。

「なるほどな、お前はなかなか面白い」

にたり、と悪巧みするような笑みにぞっとしてしまう。

まだ何もまともに話してもいないのに、どうしてこんなことを言われてしまうのだろうか。不思議でならない。

たしかにこの病院はどこか違和感を覚える。

――実は、かなり訳ありで。

友人の言葉を思い出す。

やがて鴻上先生はソファーにどかりとした動作で座ると私を真正面から見据えた。

「質問することは一つだけだ。お前は自分自身が看護師に向いていると思うか」

「それは……」

鴻上先生の言葉に私は安堵する。

普通の質問だった。あっという間に緊張感がほどけていく。

これならばすぐに答えることができる。私は口を開いた。

「私自身、この仕事が向いているかと問われると……ただ努力は続けたいです。今でも勉強会や気になる資格はチェックしたりしています」

「そうじゃない」

「え！」

いきなり鴻上先生に否定されてしまい、私は目を丸くする。

鴻上先生は苛立ちを含めた口調で声を発した。

「俺が求めているのはそういう回答じゃない。お前自身の意思だ」

「私自身の意思とは……」

戸惑う私に鴻上先生は鼻息荒くして答えた。

「俺が求めているのは今まで看護師として働いてきた上で感じてきた、具体的な経験に、お前が見出してきたものだ。俺の経験則、大体、それで人の本質がわかる。今の曖昧な言葉じゃなく、お前の本質を聞かせてほしい」

すう、と深呼吸して言葉を発する。

「つまりお前のハートだ」

「ハート」

「そう、心の臓。心の音だ」

そう答えると鴻上先生は、声を低くして返答した。

よくわからないが精神論かなにかだろうか。

私の看護師への思いを答えればいいのだろうか。ここはあえて自信を顔に出すべきかもしれない。私は眦《まなじり》に力を込めながら言う。

「それならば、きっと私は誰にでも認められる看護師になりたいんです」

「ほう」

「それは、きっと私がいろんな看護師を見てきたからだと思います」

そう答えると鴻上先生は難しい顔をして首を横に振った。

「曖昧な言葉でごまかすな。世の中には努力をしない看護師もいるからだろうが。俺も数多く見てきたからな」

私は先生の言葉に大きくうなずいた。

「ええ、給料がいただければと、そう割り切って働くひともいます。そういう看護師が評価されることも……ただ患者さんは看護師を選べません。だから私はせめて、どのような患者さんでも喜んでもらえるような、そんな姿勢を心がけています」

鴻上先生は足を組み直して小さく笑いながら言う。

「資質と個人の考えは違う。お前がそう考えていたとして、果たしてお前にそれだけの才能があるかどうかだ」

先生は腕を組んで満面の笑みで答えた。

「言っておくが、努力なぞただの夢想。結局、努力もやる気も才能のうちだ。……酷い言い方をすれば、金のために働く看護師であっても、逆に患者からはそれはわからん。全ては結果だ。お前がどれだけきれいな理想を掲げようが、そんなもの患者には関係ない。それならば、最初から、そんな理想を掲げるだけ無駄だと思わないか?」

「そうかもしれません」

私は先生の言葉に大きくうなずく。その反応に興味を示したのか、先生が眉毛をぴくりと動かしながら私を凝視した。

「ふん?」

「でも、私は最初の病院で看護師としての姿勢を教わりました。その教えをずっと胸の中で大切にしながら看護師として働き続けたいんです」

そう答えると鴻上先生は意味ありげに含みをもたせた口調で言った。

「最初の病院……ね」

そうして上半身を前のめりにして言葉を続ける。

「もう一つ、そう思ったきっかけがあるのでは。履歴書を見たが、ずいぶん転職を繰り返しているようだが。……正直に口にしろ。俺は隠し事を好かない」

真剣な先生の眼差しに私は圧《お》されてしまう。たしかに隠し事をしたら印象が悪くなりそうだ。私はゆっくりと唇を開いた。

「私はいわゆるパワハラというものを受けていました。わかりやすくいうと、おそらくいじめに近いものでした」

「今までの病院で?」

その問いかけに私はうなずいて話す。

「はい。暴言や陰口くらいなら我慢できるのですが仕事に影響が出るレベルの嫌がらせをされると、患者さんにも影響が出てしまうので……これ以上は迷惑がかけられないと思って……」

「なるほど、だから辞めて別の職場に移った。それでも看護師として働き続けることを諦められないから」

その言葉に私はこくんとうなずく。

「そうです。だからかもしれません。負けたくない、と、ずっと最初の病院で理想にしていた看護師さんを追いかけたくて。ひどい目にあっても、それでも自分の理想とする看護師を貫きたいと思うのは……憧れの気持ちが忘れられないから。……ただの負けず嫌いなだけかもしれませんが」

乾いた笑いを浮かべると鴻上先生も笑みを漏らした。

「いいんじゃないか。誰でも生きていく上で楽しいこと、嬉しいこと、嫌なこと、苦しいこと、全てを心の中に放り込みながら過ごしている。そこから逃げ出さない限り、己の心だとして受け入れている限りは、何度でも挑戦することはできるだろう。俺はお前の考えは嫌いではない。どうしようもなく弱く凡庸な人間だとは評価するがな。評価と趣味は別問題だ」

そこでソファーの背もたれに身を沈めて、鴻上先生は両手を組んで言葉を続ける。

「しかしなるほど、そこがお前の要か。わかった、ならば配慮するとしよう。喜ぶがいい。俺はそれほど優しくないが、大事にしたい部分は理解する余裕はある。……最後の質問だ。お前は俺のことをどう思う？」

「最後の質問……」と身構える私を鴻上先生があざ笑いながら言った。

「安心しろ。既に面接の結果は決めてある。それなのになぜ、こんな質問をするかというと、ただの趣味だ」

「趣味、ですか？」

「そう、個人的な嗜好だ。しばらくお前との時間を楽しみたい」

そう言われて私はしばらく考え込んで答えを出す。

「……その、大変美形な方かと思います。初めてここまで……」

本当はもっと言いたいことがあったが、あえて口にしない。

こういう場合は外見を褒めるのが一番無難だ。

鴻上先生は私の反応を見て満足したのか、腹を抱えて笑った。

「ははははっ、この年齢でそんなことを言われるとはな」

「年齢……」

もしかして見た目より年を取っているのだろうか。そんな私の思いを見透かしたかのように鴻上先生は自身の唇に人差し指で触れながら言った。

「……俺の年齢は秘密だ。とくに口にするほどのものではない」

そこまで言うと鴻上先生は破顔した。

「さて、はっきり言うぞ。普通の人事担当ならダメだろうが、ここでは俺が正義ですべてだ。つまりは内定だ」

「いいんですか」

あっさりした様子の鴻上先生に拍子抜けした。鴻上先生は呵呵《かか》と笑いながら言う。

「この病院は言わば俺の支配している国だ。俺の思う通りにして何が悪い。……そして俺はお前が今まで経験してきたパワハラなどしない。そんな卑怯なこと、俺の信条ではない。もしそれをお前が暴言だと言うならはっきり主張しろ。お前の納得いくように言葉を変えてやる。主張したい内容を変えるつもりはないがな。……また、ないとは思うがパワハラだと思うようなことがあったら即座に申告しろ、何もかも排除してやる。この病院、俺の国にパワハラなど存在させぬわ。これこそ俺の自信だ」

そんな鴻上先生の言葉に唖然としていると、彼は腕と足を組み直した。

「不思議そうな顔をしているな。お前も経験してきた病院は多いだろう。俺のように癖のある医師に会ったことはないのか？　医師など大小あれど癖のある人物ばかりだと思うがな」

自分で癖があると言い切る医者は初めてだ。

「い、いえ、全員が全員、そうではないかと」

困惑する私に鴻上先生は満面の笑みを見せる。

「綺麗事でごまかさなくて構わん。俺は俺のことをよく知っている。……もしまだ俺に慣れていないというなら、明日から慣れてもらう」

「明日からですか？」

先生の言葉に驚く。急な話だからだ。

「無理か？　今は無職なのだろう」

「は、はい。大丈夫です」

先生の言葉に静かに傷つく。無職なのはそのとおりなのだが。

「……人手が足らんのだ。俺の病院には入院施設がある。この病院を必要としている患者は思っているよりも多い」

先生の言葉に首を傾げる。珍しい。最近は白内障の手術があったとしても、だいたい日帰りだ。角膜の腫瘍や眼球破裂の場合は長期入院となるが、いくら入院施設があるとはいえ、小規模の地域病院に、そのような患者が来るのだろうか。

疑問が次々に浮かぶが答えは出ない。

労働条件や勤務時間などの説明を受けたあと、鴻上先生は口にした。

「他に気になることはあるか？　質問ならなんでも受けつけるがな」

「ああ、その……今日も病院に患者は入院しているんですか？」

「部屋は全部埋まっていることが多い。だからこそ、看護師の数が足りない。もちろん深夜勤もできると思っているが……」

やはりおかしな話だ。眼科だというのに。

「はい、問題ありません」

だがそんなこと表情に出すわけにはいかない。私は素直に返事した。

しばらく沈黙が続く。まだ鴻上先生は口にしたいことがあるのだろうか。考えていると、ためらうように先生が口にした。

「さて、はっきり質問させてもらうが……お前は今まで人間でないものを見たことはあるか？」

◆

鴻上先生の最後の言葉、あれは一体、どういう意味だったのだろうか。

だが、まあいいか。深く考えても仕方ないことだ。

明日から早速働いてほしいと言われて浮かれ気味で病院から家に帰る。自宅から徒歩圏内であることも、深夜勤務があるなら、すぐに家で休めるのでとても良い。

今日の晩ごはんはお気に入りのラーメン屋に寄ってもいいかもしれない。この間、行列ができるほどの店がフードコートに姉妹店を出したらしい。フードコートなら、そんなに並ばなくて済むだろう。

「たしかに自分で言うほどに癖のある先生だったな……。でもパワハラはしないってはっきり言っていたし、嘘をつくような先生には見えなかったから」

つい、つぶやいてしまう。

人と問題を起こさないで済むかもしれない。

そこまで考えて、今まで働く中で、私に向けられた悪意や暴言を一瞬だけ思い出してしまう。自分の心が負ける前に職場を変えることを繰り返してきたが、そろそろ落ち着ける場所にいきたいのもたしかだ。

思わず呟いてしまったことに気づき、周囲を確認すると足をよろめかせてしまい、横を通り抜けようとしたスーツ姿の男性にぶつかってしまう。

「おい、ぼけっとしているんじゃねえ！　ぶつかってくるんじゃねえぞ！　どんくせえな！」

「す、すみません……」

男に大きな声で怒鳴られてしまい、私は身を縮めた。

どうにも人を刺激しやすい性格をしているのか、ちょっとした失敗でもすぐにこうして人に激しい感情をぶつけられてしまう。そのせいか今までの職場でも、人間関係がうまくいかなかったのだ。

次こそは気をつけないと。そこで真田先生のことを思い出す。だが、あれほど人当たりのいい先生なら大丈夫だろう。

そう思ったとき、電話が鳴った。非通知だった。

もしかすると鴻上眼科の関係者かもしれない。いつもなら電話を取らずに無視するのだが、思わずスマートフォンを耳に当ててしまう。

「あの病院で働くんですか？」

甲高い声だった。どこか機械音声のような奇妙さに現実のものとは思えない。

「え？」

問いかけると電話は切れていた。

「何だったのだろう」

思わず呟いてしまい、慌てて口を押さえた。また人に怒鳴られてはたまらない。

——これが例の訳ありというやつ？

先行きに暗雲が立ち込めている気がして、体をぶるりと震わせた。

◆

出勤初日、私の胸のうちにある違和感は大きくなるばかりだった。

第一の違和感は、病院の裏門で鴻上先生と真田先生が言い争う場面を見たことだ。内容までは聞こえなかった。先に私に気づいて口をつぐんだからだ。まるで私に見られたことをまずいと感じているような表情だった。

一体、何を会話していたというのだろうか。

真田先生は私に気付いて軽く挨拶すると、すぐにその場から離れていく。ゆっくり歩いて近づいてきたのは鴻上先生だ。

「ちゃんと来たようだな。さぼる可能性も考えていたが」

鴻上先生の挨拶に私は肩を震わせながら言った。

「さ、さぼりませんよ」

「ほう、だがこんな俺が院長だ。少しは不安を覚えたのでは？　……ああ、いい、いい。俺がこんな俺であることは誰よりも俺が知っている。戸惑うのも無理はない。だが俺はこんな俺を変えることはできない。つまり早く……」

そうして鴻上先生は私を指差した。

「慣れろ、わかったな。この病院の環境ではなく、まずは俺に慣れろ」

そう言いながら鴻上先生は私の前でぱたぱたと手を振って見せる。

「お前には外来を担当してもらう」

「病棟担当じゃなくていいんですか？」

私の問いかけに鴻上先生は腰に手を当てながら言う。

「まずは外来でこの病院というか、俺に慣れろ。それに外来担当なら、それほど負担もかからないだろう。なぜなら俺とそんなに接しなくていいからだ」

「そうなんですか？」

「そうだ。院長といえど、俺は外来をあまり担当することはないからな。それに今は事情があって外来担当の看護師も少ない。……外来の経験は当然あるよな？　ないとは言わせないが……」

　外来担当は、鴻上先生が言うように、それほど難しくない。

「大丈夫です。外来担当の経験あります。問題なく対処できるかと思います」

　少しためらったあとにそう口にすると、どうしてだか鴻上先生が怪訝そうな顔をした。

「……なんだ、その間は。まさか、今のレベルでパワハラと言うんじゃあるまいな」

　彼の問いに私は首を横に振った。

「大丈夫です。それに嫌だなと思ったら、ちゃんと言います。言っていいって、鴻上先生が気遣ってくださったので」

「ああ、そうだ。言えよ。言葉にしないとわからないからな」

　そう返答した快活な鴻上先生の笑みに私は安堵感を覚える。

　その後、私は鴻上先生と別れて更衣室に向かう。

　その更衣室の広さに、またもや驚く。多くのロッカーがずらりと並び、クリーニングされた白衣が棚に置かれている。白衣は二、三日たってから汚れたら交換するとはいえ、あまりにも多すぎる。

　――やはり、変な感じだ。

　朝のこの時間なら、他の看護師たちとすれ違ってもいいが、その気配さえない。

　そのとき、扉が開いた。見ると、老齢の女性がいた。

「あら、あなたが新しい人？　こんにちは、私は田中《たなか》よ。真田先生から話は聞いているわ」

「はい、月野と申します」

そう挨拶すると彼女は安心したように頬を緩めた。

「人がいたわ、良かったわ」

「どういうことですか？」

「どういうというか……その、私もよくわからなくて」

「よくわからない？」

ここで働いている看護師なのに、どういうことなのだろうか。

そんな私の困惑が伝わったのか、女性はごまかすように笑った。

「いいえ、私はパートというか日勤で時短なのよ。外来だけ担当しているのだけれど、ここ施設が広い割には看護師の数が少ない気もするのよね。深夜勤務の人が多いからとは聞いているんだけど、気味が悪くって……。初めての人に、こんな話をするものでもないわね」

「いえ……」

「とにかく、外来担当だから、そんなに気を使わなくても大丈夫よ、こんなおばあちゃんでもできるんだもの。でも、わからないことがあったら聞いてちょうだいね」

その言葉に私は嬉しく感じながら「はい」という返事とともに大きくうなずいた。

田中さんと別れて看護師の休憩室に向かう。休憩室は普通、性別で別れているが、ここはそれとは別に共通スペースのような休憩室もあるようだ。珍しいと思いながらも、いろんな施設があるため、それ以上は気にしないことにする。

ひとまず女性用の休憩室に向かうと、小さなロッカーや、簡易的なゴミ箱に、テーブルやソファー、そしてテレビなどが置いてあった。看護師は通常、休憩室に荷物を置いて仕事に入る。昼ごはんや夜勤の仮眠もここで取る。

ここも、朝の出勤時間なのに、しん、としている。

人手不足とは聞いていたが、あまりにも看護師の数が足りていないように思える。先程の田中さんも同じようなことを思っているらしいので、人手不足の職場とはこういうものなのかもしれない。

今日は日勤だが、途中で夜勤や深夜勤務もやってほしいとお願いされたらどうしたらいいのだろう。人間関係で困らない割に労働環境で苦しむかもしれない。

荷物を女性用休憩室に置いてから共通の休憩室に移動すると、テーブルの上に、私のためのＰＨＳや名札が用意されていた。

「……問題なさそうだな」

「わぁっ」

急に声をかけられて私は驚いてしまう。振り向くと、そこには鴻上先生が立っていた。

ドアの開く音を聞いていたわけではなく、気配も感じなかったため、本気で驚いてしまった。

「鴻上先生、どうしたんですか」

そう言うと、面倒な挨拶はいいとでもいうように、小さく頭を下げて片手を上げる。

「お前に色々説明をしにきた」

「そんな……忙しいのでは」

先生に問いかけると、彼は苛立った顔をしながら言った。

「忙しいがお前のために来たんだ。ここは素直に受け入れろ」

「は、はい！」

ここは素直に返事をするべきだ。私の反応に満足そうにうなずきながら先生は言葉を続けた。

「さて名札はＩＤカードになっている。スタッフオンリーのルームやバックヤード、その他、それでしか入れない部屋もあるから必ず持ち歩くように。こんなもん言わなくてもわかると思うが」

その言葉に私はこくこくとうなずくが心中で首をかしげる。

わざわざ他の看護師ではなく院長が説明しに来たのだろうか。そう思いながらも礼を告げた。

「ありがとうございます」

そう私が言うと戸惑いが伝わったのか、彼は照れくさそうに後頭部をかきながら、ただ自信に満ちた眼差しを私に向けた。

見た目の雰囲気とは違って、本当は気遣いのできる人なのかもしれない。

先生は人差し指を立てながら言った。

「わからないことは看護師長か真田に聞け。患者のことは……俺に聞け。真田は外来専門だ。こっち専門じゃない」

「こっち？」

「その『こっち』はまたあとで説明する」

私の言葉にそれだけ言って鴻上先生は休憩室から出ていこうとする。だが、すぐに立ち止まり、私のほうに渋々といった様子で顔を向ける。

「……いいか、外来からきた患者について少しでも疑問に思うことがあったなら、すぐにＰＨＳで連絡しろ」

そう、子供に言い聞かせるようにゆっくり口にすると、部屋から出ていった。

――『こっち』とはなんだったのだろう。

私は早速、外来へ向かうため休憩室を出た。

しかし、しばらく歩いて、はたと気づく。

ＩＤカードとＰＨＳを休憩室に忘れてしまった。

慌てて休憩室に戻って扉を開き――そこで私は動きを止めた。とんでもないものがソファーの上でくつろいでいるのを目にしてしまったからだ。

「ぷぅー、さすがに僕一体で何体も看護師を作るのは無理があるぷよ。ご主人様。他にも人間がいるとはいえど……僕が寝ている間も夢の中で看護師を動かして……ご主人様の能力をそのまま引き継いでいるとはいえ……無理ぷ」

人間の言葉を喋る小さな狸が腹を見せながら、ぷうぷうと鼻息を立てている。どこか気持ちよさそうに前足をぺろぺろと舐めていた。器用に丸まった姿はふわふわした毛で程よく頭が埋もれており、巨大な毛のボールのようにも見える。

小さな狸は耳の部分だけ穴のあいた黒いパーカーを着ている。両目は焦げ茶色の渦巻き模様の描かれた手ぬぐいで覆い隠されていた。

あきらかに普通の狸じゃない。

「ぐぐぅ」

だが獣に見える姿から聞こえるのは、あきらかに人間の言葉だ。小さな狸はビクンと身を震わせた。

「はっ、寝てしまったでぷよ。大丈夫でぷ、ご主人様が言っていたけど、人が来たから、これ以上、酷使されることは……」

狸に気づかれないように忘れ物を回収し、私は静かに戸を締めた。見なかったことにしたのだ。

今のはなんだろう。

「疲れているのかな」

呟いてしまい、口をふさぐ。最近、どうしても独り言が多い。転々と職場を変えた影響もあるのかもしれない。

仕事に集中しよう。私は外来エリアに向かったのだった。

◆

負担が軽い、という見立ては甘かった。

外来看護師としての仕事は先生の介助、患者の処置が主だ。処置室やバックヤードで真田先生の様子を窺いながら、フォローしていく。

受付や事務処理は、本来は事務担当が業務するのだが、田中さんいわく何人か病気で休んでしまったため、私が代わりに仕事をしていた。

この病院は外来の患者が多い。次々と来る患者のカルテやら受付やらの対応で、いっぱいいっぱいだった。

先生の介助すらままならない。そして真田先生は、そんな私の疲労と目いっぱいさに気づいているのか、申し訳なさそうに何度も目配せしてくる。

――もう少し、頑張ってほしい。

だが鴻上眼科の外来時間は他の病院よりは長めだ。なぜなら、仕事帰りでも通えるように配慮をした真田先生の考え方があるからだ。

外来担当医が一人しかいないため、待ってもらう間、患者は外出自由で、だいたい回ってくる時間を事前に伝えておく。わざわざ今、自分がどのくらい待てばいいのか、問い合わせできるように専用の電話番号まで用意している。

でもその電話を受けるのも、そうじゃない電話を受けるのも、受付で対応するのもカルテの整理も、ほぼ私一人で行っている。他の看護師もいるにはいるが、どうやら最近、外来担当として採用されたため業務に不慣れなようで、失敗ばかりしている。そして、そのフォローをするのは私である。

――し、死にそう。

だが弱音を吐くことはできない。一番大変なのは、これだけの患者を相手にしている真田先生だ。鴻上先生の業務負担も半端ではないらしいが、真田先生の負担も考えてあげなければいけない。

疲労がピークに達しているが、それを表情に出すわけにはいかない。私は笑顔を固めたまま、次の外来患者へと顔を向けた。

「あら、あなたは……」

その患者は私を見るなり、驚くような声を上げた。

「月野さんよね。私よ、三重《みえ》よ」

目の前にいるのはミディアムロングのふわふわした茶色の髪をした女性だ。

「久しぶりね。こんな場所で会えるなんて」

「先輩……！」

三重さんは私が最初に働いていた病院の看護師であり、先輩だ。

私は彼女の後ろに並んでいる他の患者を気にしながら小声で言う。

「いつもお世話になっていた先輩でしたから、もちろん覚えています」

「そう……嬉しいわ」

三重さんは初診のようだ。保険証を先に差し出してきている。

それにしても、前に見かけたときより、ずいぶん痩せてしまっている。

三重さんの頬はこけて、目は落ちくぼみ、顔は土気色だ。唇もがさがさで鼻の下や顎は皮膚がはげたり瘡蓋《かさぶた》ができたり、吹き出物ができたりしている。昔は綺麗だった髪も、ごっそり抜けてしまったのか、脱毛しているところが目立つ。

彼女は困惑しながら私に一通の封筒を渡してくる。

「紹介状です。ここの病院を頼りなさいって。そう前の先生が仰ったのよ」

どうにも、ただならぬ様子だ。

一度、真田先生に確認するべきかもしれない。

私は紹介状を受け取ると、真田先生のところに向かう。ちょうど前の患者の診察が終わったばかりのようだ。

「真田先生、紹介状を持った患者さんが来ています」

「……紹介状、そうなのか」

真田先生は珍しく表情を曇らせて私から紹介状を受け取った。

「もしかして、今、この病院に来たばかりの人かい？」

「はい、そうですけど……」

なぜ、そんなことを質問してくるのだろう。

疑問を覚えながらも、私はうなずいた。

「なるほどね……。だからこそ、この紹介状か」

真田先生の雰囲気が緊張したものに変わっている。その変化に私は驚いた。

中身を読んだ真田先生の顔色が、さっと変わる。

「三重さん……彼女は鴻上先生預かりだ。……鴻上先生を急いで呼んでくれないか」

切羽詰まった声に私は大きくうなずいて、首から下げたＰＨＳを手にとった。

「……はい！」

しかし、鴻上先生預かりというのは、一体どういう意味なのだろうか。大きく首を傾げた。

◆

昨日面接した部屋に、鴻上先生はすぐに来てくれた。

彼の顔が蒼白だ。それだけで異常な事態だとわかる。

一体、三重さんの身に何が起こったのだろうか。

私は鴻上先生に紹介状のコピーを渡す。すぐにそれを読んだ鴻上先生だったが、これ以上となく眉間に皺を寄せた。

「紹介状の内容は理解した。早く俺の部屋に……いや、その前にそうだな」

そして鴻上先生は私の顔を凝視した。あまりに目を見開いて眺め続けているので戸惑ってしまう。

「え？　どうしたんですか？」

そう問いかけても鴻上先生は唇を強く結んで私を睨み続けている。

「あの、私の顔になにかついていますか？」

「目と口と鼻」

私の問いかけの、その答えに目を丸くしていると鴻上先生が吹き出した。そして不敵な笑みを浮かべて言葉を続ける。

「冗談だ。そんな顔をするな。……考え事をしているだけだ。さて一つ質問をするが」

質問とは？

首を傾げている私に先生は言葉を続ける。

「前にもした質問だ。お前は人間以外のものを見たことがあるか？　前はごまかされたからな。ちゃんと答えろ」

「動物とかのお話ですか？　ペットとか？」

「幽霊とか、そういった類の話だ」

彼の問いに私は顎に指を添えて答えた。

「そういうのは全く見たことありません。無縁でした」

「なるほど、たしかにそうだろうな。お前はそういう顔をしている」

「顔……」

ぼんやりつぶやいた私に鴻上先生が人差し指を小さく揺らめかせながら言った。

「そうだ、呑気に日常と平和を謳歌している顔だ。なに、これでも褒めている。なぜなら何も起こらない日常こそ全てにおいて幸福だからだ」

やばい、何を言いたいのかわからない。

黙り込んだまま先生の次の言葉を待っていると、鴻上先生はやれやれと肩をすくめながら問いかけた。

「……お前、宗教は？」

「ぶ、仏教ですけど」

「宗派は？」

「じょ、浄土真宗ですけど」

「ははっ、宗教をすぐに答えられる人間か。いいぞ、好印象だ。なかなか筋が良い。……ふむ、南無阿弥陀仏と唱えるだけで極楽浄土に行けるという考え方の宗教か。それをどう思う。単純に文化に根付く習慣程度のものか？」

「あんまり意識したことは……」

この問答に何の意味があるのだろうか。だが私の戸惑いとは逆に鴻上先生は上機嫌のようだ。手を叩いて反応している。

「まあ、お前のその顔なら、そう答えるだろう。予測の範囲内だ。それもまた日本人特有の宗教観だな。……しかし面倒だな。そのレベルなら、それなりに荒療治が必要だな」

鴻上先生の言葉に戸惑っていると扉が開いて真田先生が入ってきた。そして呆れたように私たちに話しかけてくる。

「まったく、鴻上先生、またそんなことを言って……月野さんが戸惑っているだろうに。それに、今は患者さんも待っているから、そんなに月野さんと長く話している時間はないよ」

「真田……お前は呼んでいない。他の外来患者を待たせるわけにはいかない。お前はそっちの相手をしていろ」

一転、不機嫌になった鴻上先生の態度に真田先生はやれやれといった様子を見せながら言った。

「そうは言ってもね、君が何をしでかすかわからないし不安だからね。彼女はまだ何も知らないんだよ」

鴻上先生は、ちちち、と人差し指を横に振りながら言った。

「ああ、だから俺が今から話をしようとしていたのを気にしているのか。お前は懸念しすぎている。つまりは俺だぞ。この俺を信用しろ。この俺が今までに間違ったことはあるか？」

「もちろん君のことは信用しているよ。しかし、状況が状況だ。落ち着いて動くにこしたことはないと思うよ」

「安心しろ、必要なことしか話すつもりはない。だが、そうやって俺にそう助言をする、お前のそういう慎重なところは嫌いじゃないぞ。むしろ好ましい」

「はいはい、まあ、君がそこまで自信を持っているなら大丈夫だとは思うけど……」

不穏な空気の中、二人が会話している。私はどうしていいかわからず「あの……」と二人に呼びかける。

真田先生がため息をついて私に顔を向けた。

「とはいえ、こうしてみっともないところを月野さんに見せてしまったのなら仕方ないね。……鴻上先生、任せていいかな」

そう言いながら次に真田先生は鴻上先生に顔を向けた。鴻上先生はフンと鼻から息を出して返答する。

「俺を誰だと思っている。むしろここは俺の出番だろう。なにせ俺なのだからな」

そして鴻上先生は私に顔を向けた。彼はゆっくりと私に近づいた。

「さてお前に話してやろう」

鴻上先生は私を指差しながら、言ったのだ。

「はっきり言うとお前は呪われている」

――え？

呪われている？

急に言われてしまった言葉に私は何度も瞬《またた》きした。

◆

とんでもない病院に来てしまったようだと目を白黒させていると、鴻上先生が口を開いた。

「さて、あがくのを見ていてやるとは言ったが、どうあがくつもりだ、月野。呪いの、のの字もわからないだろう」

「それは……」

鴻上先生の言葉に私はつばを飲み込んだ。鴻上先生の言うことはもっともだ。呪いとは一体何なのか。私にはわからない。

「安心しろ、ここに来たことそのものが一つの手助けとなる。もしかしたら、君も気づいているかもしれないが、ここは普通の病院じゃない」

鴻上先生の言葉に私は顔を持ち上げて問いかける。

「そう……なんですか？」

たしかに色々おかしな点は多かった。

「そうだ。だが、はっきりと質問をするぞ。お前は呪いと言われても、ぴんときていないだろう」

鴻上先生の言葉に私はぎこちなくうなずきながら答える。

「それは……そうですけど」

「わかっているぞ、それでも夢と信念が先にきたからの回答だ。だからこそ、お前には実感してもらう。草加《そうか》を呼ぶ。それが手っ取り早いからな」

「草加さん？　誰ですか？」

私の問いに鴻上先生がニヤリと笑う。

「この病院の専属薬剤師だ」

そう言って彼はＰＨＳで電話をかけ、「そのうち来るだろうよ」と電話を切った。

やがて扉が、ぎいと開いた。その方向を見たが、何も見えない。風か何かで勝手に扉が開いたのだろうか。

誰も入ってこないなら扉を閉めたほうがいいのだろうか。真田先生や鴻上先生を見たが、なぜか彼らは無表情のまま私を見つめている。不気味だ。

困惑しながらも扉に近づくと、鴻上先生がゆっくりと私のほうに歩み寄ってきた。

そして私を見おろすようにして問いかけてくる。

「……もう一度聞くが、本当に人間じゃないものを見たことはないんだな」

「そういえば見たことはないですが妙なことならこの間、ありました。電話で甲高い声でよくわからないことを……」

「ほほう、それは面白いことを教えてもらった。それで、お前はどう思った？」

「いえ、ただのいたずら電話かと」

「ははっ、なるほど、なるほど、そうかもな」

私の答えに鴻上先生はため息をつきながら目薬を差した。疲れたような顔を私に向ける。

そして、とんでもないことを口にした。

「――この病院は、幽霊のような、そういう普通の人には視えないおかしなものが深く関わっている。もう一度質問するがな、心当たりは本当にないか？」

「ええと……」

呼吸の感覚がわかるほどに距離を詰められて私は焦りながらも、先程見た狸のようなものを思い出す。

「そ、そういえば先程、狸みたいな変なものを見ましたが、あれは……でも、ええ？」

素っ頓狂な声を出してしまい、そんな自分に驚きながらも私は鴻上先生や真田先生たちを見やる。鴻上先生は肩をすくめながら言った。

「そうか、なんだ、見てしまったのか、そうだよ、あれはあやかしと呼ばれる存在だ」

「はい？　あやかし？」

「いや、だから、実際に存在するんだ、あやかしは」

「え？」

私の戸惑いをよそに先生は傍に置いてあったのど飴をつまみ、袋を開いた。

「今も俺たちの傍にいて、こののど飴すら羨ましそうに見ているんだ。ほら、そこだ」

そう言って鴻上先生は私の横を指差した。

「え？」

私はゆっくりと指差した方向に顔を向ける。

「……」

そこには巨大な狸の置物があった。いや、置物ではない。動いている。呼吸をしているのだ。大きな笠を頭にのせて、ひょうたんの形をしたとっくりを手にしている。

その大きな狸が私を見て、にこりと笑ったのだ。

「僕もそののど飴は好きだよ。ただ喉を治すだけじゃなくて、ちゃんと味がしっかり美味しいのがいいよね。ううーん、じゅるり」

人間の言葉を喋ったのを見て、私は思わず口元を手で押さえてしまった。

それを見て鴻上先生は肩を落としてのど飴をそれに差し出した。

「こんなのど飴じゃ眠気覚ましにもならないから、やるよ」

「やったー、僕に優しくしてくれる鴻上先生大好きだよー！」

そうして巨大な狸は鴻上先生ののど飴を受け取ると、袋ごと口に放り込んでバキバキと噛み砕き始めた。

「わ、袋まで食べちゃった、つい耐えきれずにー」

そこまで言って大きい狸は腹をぽんと叩いた。そこでようやく私は、ひっと息を吸い込んだ。

「ひ、ひえええ！　狸！　狸が！　狸が喋っている！」

驚いている私をよそに大きな狸はお茶目な様子でウインクした。

「どうもー、薬剤師の草加です。アイドルが大好きで、小さな狸たちの親分です。今後ともどうぞ宜しくお願いするね。さて……人間の姿に戻るよ、どろん！」

そして巨大な狸は、ふくよかな男性になった。がっしりした体格に腹はかなり出ている。柔和な表情で優しそうな印象だ。白衣を着ているが白衣のほうが窮屈そうだ。

「直接、こういうのを見てもらったほうが話は早いと思ってな。どうだ、わかりやすいだろう。こういう、あやかしと呼ばれるものは実在するだろう」

鴻上先生は優しげな声で私を落ち着かせるように言葉を続けた。

「……まさか、まだ理解できないのか？　はっきり質問させてほしい、これでもあやかしのことは信じられないと？」

「いえ、そこはさすがに大丈夫です」

私は両手のひらを鴻上先生に見せながらも一歩後ろに下がった。

もう十分だ。これ以上の刺激は勘弁してほしい。

そんな私の反応に満足したのか鴻上先生は嫌な笑いをしながら私に近づいてくる。

「そうかね、それは結構。なら先に進めよう」

その言葉に私はぎょっとしてしまう。

「まだなにかあるんですか」

「この程度で終わるわけがないだろう。……まさか呪いにあがくと言い切ったものが、この程度に怯えるのか？」

「いえ、頑張ります！　もっとあやかしのことを教えてください！」

はっきりと私は答えた。

本音だ。

何が何やらわからないが、死にたくはない。

鴻上先生はウンウンとうなずきながら言葉を続ける。

「その意気だ。本当は外来を続けてもらって、ゆっくりとこの病院に馴染んでもらう予定だったんだが、そうはいかない事態になった。このタイミングで話すのが一番だと思ってな」

「……え？　それは……？」

戸惑う私を目にして鴻上先生があくびをしながら胡乱げな目で私を見た。

「――お前の知り合いの患者だよ。彼女は普通とは違うんだ」

そこで鴻上先生は、目を見開きながら説明を続けた。

「ここは、そのあやかし、もしくは、それを使役するものの眼を専門に扱う病院だ。……もちろん、普通の人間だって診る。そっちは真田担当だがな。お前が急に視えるようになったわけじゃない。俺たちがお前に視せるように変えただけだ。……なかなか驚いただろう？」

「で、でも、休憩室の狸は……」

「あれは最初から人に視えるあやかしだ。草加がそうしている」

鴻上先生は私の疑問に即座に応えてくれる。

後頭部をかきながら鴻上先生は私に手を差し出してきた。

「さて、再度はっきり質問するが、さすがにこれで事態は理解できたか」

「はい！　あやかしは存在しますし私は呪いにかかっています。そして私の元同僚も危機的状況です。……なら、やはり私と話している暇はないのでは。私なら大丈夫ですから、患者を……」

そう言う私に鴻上先生は満面の笑みで答えた。

「そうか、なら、傍で見ていろ、もう少しお前の頭に叩き込む。おそらくはまだ、その本質を理解していないだろうからな」

そう言った鴻上先生はＰＨＳで他の看護師と連絡を取り始めた。

私の胸の中に、嫌な予感が大きく膨れ上がっていく。

あやかしと呼ばれるものに深く関わるような目の病気にかかってしまったということだろうか。一体、三重さんはどういう状態なのだろうか。

◆

「まずお前にははっきり言おう。普通の人間はあやかしのことなど、すぐに信じない。それなのに、なぜお前は信じたのかというと、お前には信念があるからだ。つまりお前の理想とする看護師になりたい、そのために呪いを解きたいのだとな」

鴻上先生の診察室に向かう途中の廊下で、鴻上先生にそう話しかけられて私はびくりとしながらも小さくうなずいた。先生は説明を続ける。

「だから俺たちの話をすんなり飲み込むことができたんだ」

「その呪いについてですが、あやかしは理解できたんですが、たしかに呪いについては首を傾げています。本当にそんなものにかかっているんですかね？」

私の問いに先生がニヤリと笑う。

「まあ、それはそうだろうとも。少なくともお前の身体はかなり健康そうに見える。何も異常はない」

「ええ、風邪も引いていません」

私の言葉に先生は何度も大きくうなずく。そして手に持ったタブレットを私に見せつけながら言った。

「まあ、呪いについてはこれから俺の診る患者をその目で確認すれば、俺たちの関わるものがどういうものか実感できるだろう。お前は、まずそこから始めればいい。呪いの影響をそれほど受けていないからといって、お前には決定的な欠点がある」

そして先生はタブレットの先を私に突きつけながら言ったのだ。

「今後のことを考えて距離感を掴むために無駄に交流しようとする、その姿勢だ。ただの時間の無駄遣いだからやめろ」

時間の無駄遣い？

足を止めそうになる私に鴻上先生は私に顔を向けることなく言葉を続けた。

「今までパワハラにあって来たのだと言っていたな。お前はそうやっていつも人を見定めてきたのか」

「それは……」

「そうだな、そうして選別しなければ仕事に支障が出ると思い込んでいた」

そこで鴻上先生は足を止めた。

ゆっくりと私のほうに首を向ける。

「ずっとお前はそうやって看護師として働いているときも、日常で生活を過ごしていたときも、ずっとパワハラをどう乗り切って仕事を円滑に進めればいいのか考えていたのだろう。……だがはっきり言おう、その時間は無駄だ！」

そう言って鴻上先生はタブレット端末を操作し始めた。私にタブレットを見せつけてくる。

「患者のために時間を使え！　これぞ文明の利器だ。いつでも患者の様子を確認することができる。パワハラなどの思考に時間を使うより、こうして患者の状況をリアルタイムに追い、適切に対処したほうがずっと有益だ。そうは思わないか？」

鴻上先生の熱意に、私は小さく呻いた。

タブレット機器は、ずっと彼が離さず持っていたものだ。おそらくあそこに電子カルテの情報が載っているのだろう。もしや、と私は鴻上先生のタブレット端末を盗み見る。

鴻上先生はタブレットの電子カルテの情報を随時更新しているようだ。

まさか、ずっと電子カルテをチェックしているのか。彼は自信満々に私を見て目を輝かせながら言ってくる。

「俺が言いたいのは、パワハラなんぞ気にするな。俺にパワハラを感じたのなら自己申告しろ。膝を突き合わせて考えてやるから」

「で、でも患者さんのために時間を使っている先生に、私のために時間を使わせるには……」

ためらう私に目を大きく見開きながら鴻上先生は言い切る。

「何を言っている？　迷惑になるとでも？　俺が患者に時間を使うのは、それが気持ちいいことだからだ。俺は俺のためにいつでも時間を使っている。これもすべてこの病院が俺の支配する領域であるからこそ。結果的に俺のためになるからこその行動だ。表面上だけ掬って勘違いされても困るぞ！」

ずいぶんな返しをされて私は、うっとなってしまった。

「お前も理想の看護師を目指すというのなら、そういうお前の夢とロマンのために時間を使ったほうがいい。もしそうならば、結局、お前は患者のために時間を使っていることになるのだ。つまり、なんにもならんマイナスなことに時間を使うな」

彼の言葉に私は「はい」とうなずくしかなかった。

◆

鴻上先生の前に呼ばれた三重さんは「紹介状は読みましたが、改めて話を聞かせてください」との先生の言葉に、疲れたような笑みを見せた。

「つまり変なものがたくさん見えるようになったんです」

「どのようなものですか？」

そう尋ねた先生に三重さんは苦しそうに目を閉じた。

「今も見えます。なんだか獣のような……犬なのか狐なのか狸なのか……手足や頭の一部が視界のあちこちに映るようになったんです。もともと視力は良いほうだったのですが急によくわからないものが見えるようになってしまって……今では、その変なものに気を取られてか、生活もままなりません」

「いつからですか」

先生の問いに三重さんは少し考え込む素振りを見せた。

「三ヶ月前くらいですかね。本当に突然でした。それから変なものが見えるのは悪化するばかりで、どうにもならず、いろんな病院を転々としていたところ、前の病院で、ここのことを紹介してもらったんです」

そして三重さんは目を開けた。首を傾げながら言う。

「……先生、私は何の病気なんでしょう。どうしてこんなことに。……私、今まで病気らしい病気にかかったことはないんですよ。ずっと健康体だったから不思議でならないんです」

鴻上先生はしばらく黙り込むと、ゆっくりと口を開いた。

「――それだけですか？」

「はい？　それだけとは？」

怪訝そうに顔をしかめる三重さんはまっすぐに鴻上先生を見つめた。

「他にも伝えるべき情報があるのでは？」

先生の厳しい口調に対して私は頭に疑問符を浮かべる。なぜ、そこまで患者に厳しく問い詰めるようなことを患者に言うのだろう。

「は？　何もありませんけど？」

三重さんは不服そうに唇を尖らせている。

「わかりました」

鴻上先生は、それ以上は追求することなく引き下がった。

むやみに患者を刺激するようなことを言ってはいけない。三重さんの感情が落ち着いたのを見て安堵する。

「とりあえず一通りの目の検査をしましょう」

そして鴻上先生は私を一瞥した。

◆

三重さんの検査が完了して、鴻上先生は部屋で検査結果を眺めていた。

真田先生も一緒だ。

椅子に座った鴻上先生は私を一瞥して問いかけた。

「さて、ここで試験だ。月野。今の俺たちと患者を見て、どう思った？　お前の率直な意見が聞きたい」

「詳しいことは私にはわかりません。でも、ただならぬ状況ですし、三重さんの心が不安定に見えるからこそ支援が必要かと思います」

そう私が答えると鴻上先生は椅子をくるんと回して言った。

「そうだ、後者はともかく、前者が大事だ。お前は看護師であり医師ではない。患者の症状からなにかわかるわけではないし、そこを俺は求めていない。……合格だ」

そこで少し考え込んで「今の俺の態度は少々高圧的なものだったな」とつぶやき、ゆっくりと顎を持ち上げながら問いかけてきた。

「……今のはパワハラ判定か？」

「いいえ、大丈夫です。鴻上先生が私のために言ってくれているのはわかるので」

私が否定すると鴻上先生はニヤリと笑い返す。

真田先生は涼しい顔で鴻上先生に問いかけた。

「楽しそうなところを邪魔して悪いけど、さぁ検査結果についての話をしよう。……血液検査まではやってないけど、いいのかい？」

「今のところは必要ない。この結果だけで大体わかった」

「そうなのかい？」

真田先生の反応に鴻上先生は検査結果を机の上に置くと腕と足を組んだ。

「視力が極端に悪い。眼鏡もなしに生活できていることがおかしい」

「じゃあ眼鏡を作ったほうが？　コンタクトレンズでもいいとは思うけどねぇ」

　真田先生の提案に鴻上先生が首を横に振る。

「そういう問題じゃない……とにかく視力を失うと代わりにいろいろ変なものが見えてくる。そういう病はたしかに存在する。だが、これは……」

　そこで鴻上先生は私を見た。何か言いたげな顔をしているので、私は自分を指差しながら「何かありますか？」と尋ねる。

「あの患者はあやかしに関する仕事についていたことはあるか？　もしくは、彼女がそういう力を持っているなど聞いたことはあるか？」

　その質問に私は考え込みながら答えた。

「さあ……最初に働いていた病院を私が辞めてからは、それほど交流していたわけではありませんので。でも、一緒に働いていたとき、別にそれらしいことは何も……」

「となると……あやかし関連のことを急に俺たちが言ったとしても受け入れられない可能性が高いということか」

　鴻上先生が「ふむ」と小さく呻いて返してくる。

「それは……そうかもしれません」

　私の言葉に真田先生が、私を見ながら意味ありげな視線を、鴻上先生に移して言った。

「それなら、下手にあやかし関連の話をできないね。するとしても、今後は段階的に、ゆっくり話していかないと、相手はそういったものを信じることができないからね。ここはとにかく気をつけないといけないよ」

そこで鴻上先生は私を見つめながらも小さく呻き声を上げるのだった。

どうして、そこで鴻上先生も真田先生も私を見つめてくるのだろうか。

「あの……三重さんの視力が下がったことに、あやかしが関わっているんですか?」

その問いに二人は私から視線をそらした。

一体、なんだというのだろうか。

——でも、もし、三重さんの病気にあやかしが関わっているのだとしたら。

私ですら、なかなか受け入れられないのに、どうやって三重さんにそれを理解させるのだというのだろうか。

◆

結局、三重さんにあやかしに関する話をすることはやめたようだ。

「あなたはおそらく、じきに目が見えなくなる」

そう鴻上先生は三重さんに告げた。

三重さんは目を大きく開いた。唇が震える。

さすがに配慮がないのではと思ったが、だが配慮をするなら、あやかしのことを話さなければいけない。この件が本当に、あやかし関連のものであるならば。

三重さんはゆっくりと唇を震わせながら言った。

「それは……視力を失うということですか？」

「……それだけで済めばいいのですが。どちらにせよ詳細な検査も必要です。事態は一刻を争います。あなたにはこのまま入院してほしい」

「え、そんな……何も準備ができていません」

困惑する三重さんに鴻上先生はあくまで淡々とした調子で言葉を続ける。

「準備を手伝ってくれるご家族の方はおられますか？」

「一応います……けど。父と母が……実家暮らしですので」

「でしたら、ご両親にお願いしていただけますか。視力を失うかもしれない患者を、このまま外に出して事故にでもあってしまえば、それこそご両親に合わせる顔がありません」

そこで鴻上先生はどこか双眸に薄暗さをたたえながら三重さんに問いかけた。

「今、仕事についていますか？」

三重さんは一瞬だけ躊躇する様子を見せたが「いいえ」と答えた。虚ろな目をしながら独り言のようにつぶやく。

「そ、そんなに……だって私……視力が悪くなるはず……なんて、そんなはず……だって。視力については……」

三重さんは蒼白な顔で唇を閉ざした。やがて鴻上先生から顔を背けながら早口で言葉を続ける。

「め、眼鏡とか、コンタクトレンズとかで視力を一時的に上げれば、しばらく普通に生活できるのでは。たとえば使い捨てのコンタクトレンズであれば……お金なら出しますから。それなら別に入院なんて……！」

「そういうのを使ったことがあるのですか？　もともと視力が良いと聞いていましたが」

「……！」

そこで三重さんは、しまったというような顔をして口ごもった。

「……」

奥歯を噛みしめるような表情で考え込んでいたが、胸の前で拳をぎゅっと握りしめると、やがて諦めたような顔に変わった。

「わかりました。言う通りにします。両親に心配はかけたくないので」

どうして三重さんはそんなにころころと鴻上先生の言葉に反応して表情を変えるのだろうか。

私でも明らかにわかるくらいに何か秘密を隠しているように見えたのだった。

◆

「月野、さて、ここでお前に試練を与えよう」

三重さんが受付フロアに戻ったあと、鴻上先生は重たい口調でそう私に話してきたのだった。

「な、何でしょう」

「お前が先程言っていたことだ。患者の精神状態が不安定だから支援したいと。俺はこころ優しいからな、お前がそう思うなら何がなんでも機会を与えたいという主義だ。こういうのは自身の気持ちから出てきたほうがモチベーションも高まり持続する。お前は少し過去を気にしすぎだ。その気持ちはわかるが……」

そして鴻上先生は私を指差しながら言った。

「それよりお前は患者のことで頭をいっぱいにしたほうがいい。そのほうが精神上、最適だ。俺の言うことは絶対だ。俺の言葉を信じろ」

まるで宗教のようだ。

どう反応していいか困っている私に鴻上先生は、どんと足を踏み出した。そして言う。

「お前の考えはわかっているぞ、まるで宗教のようだと言いたいのだな」

心の中を読まれてしまった。驚いている私に鴻上先生は言葉を続ける。

「それのどこが悪い。結果的に迷惑をかけておらず周囲に貢献しているのであれば、ポジティブシンキングを貫き通して仕事をしたほうが効率が良いに決まっている」

「それは賛成です！　前向きに考えるほうがいいです！」

即座に私は答えた。その勢いに鴻上先生は驚いたのか身を引きながら話をした。

「前置きが長くなったな。……とにかくお前に頼みたいことがある」

「それは構いませんが……」

ものすごい鴻上先生は正直者だ。そこに嘘も偽りもないのはわかるが、もう少し言葉をオブラートに包んでほしい。鴻上先生は言葉を続けた。

「お前のためにやらねばならんことがある。そのために真田と草加を集めてほしい。ほかは……念の為、子狸を何匹か呼んでくれ」

「子狸……ですか？　どこにいるんです？」

「ああ、そこにリストがある」

鴻上先生は机の上に置いてあるプリントを一瞥した。

「あいつらは草加の子どもヅラしているが、その実態は複製体で性格面に難はあれど能力は同じものを引き継いでいる。だからこそ看護師という仕事を人間に化けて行っている。そのリストにはあいつらが化けている看護師の名前が書いてある」

「なるほど」

私は先生の言葉にうなずいた。

「さぁて俺は今、非常にわくわくしているぞ。お前の頭を俺の考える俺色に染められるように試練を施すのだからな！」

そんな鴻上先生の不吉な響きに私はつばを飲み込むことしかできなかった。

◆

「よくぞみな、集まってくれた！　忙しいというのに感謝するぞ。だが、これは必ず良いことに繋がる機会になる」

「長い前置きはいい、本題に入ろうか」

鴻上先生の言葉を真田先生は受け流した。続けて言う。

「彼女を入院させたんだね、適切だね。あれは相当まずいよ。むしろ、今までよく無事で、この病院までたどり着けたものだ」

詰め所で真田先生が集まったスタッフを見ながら会話を切り出した。

そして私を見つめて言う。

「まずは働き始めたばかりの君を巻き込んですまないねと謝罪したい」

「気にしないでください。私もあやかしについて積極的に勉強しないといけないので」

私の言葉に真田先生が柔和な笑みで返してくれる。

「そう言ってくれると助かるよ。君にこの病院を受け入れてもらわないと困るからね」

こほんと咳払いをした真田先生は説明を続けた。

「それにもう一つ理由がある。それは数年前から、どうにも、あやかし絡みの病気が増えてきている。あやかしだけでなく、あやかしに絡む人間たちについてもね。ここは眼科だけど、その傾向は眼科だけじゃないんだよ。今回の三重さんもそれに関係しているのではと疑っていてね。もちろん君の呪いについてもだ。どこからどこまで関わっているかは、これから調査していくことになるだろうけど」

真田先生の言葉に私は首を傾げながら返した。

「そこは視力が悪化している三重さんと比べて実感が湧かないのですよね。私は無症状ですし」

「簡単に関係していると言いきるのは早計だし、浅はかだからね」

だが、そんな真田先生の言葉を鴻上先生が否定する。

「まあ、それでも、俺ははっきり言ってやろう。全ては同じ糸でつながっていると」

「その根拠は？」

真田先生がずれかけている眼鏡を直しながら不敵に言った。

「勘だ、フィーリングだ。……だが再びはっきり言わせてもらおう。この感覚的なものこそ大事だとな」

「はあ」と真田先生は鴻上先生の言葉に呆れた声で返す。

そんな真田先生の様子を気にせず鴻上先生は明朗な声で喋った。

「根拠がないのに明言するのは問題だ。ただ関係ないと排除するために、疑わしきものから調べるよりは大事になりそうなものから確認していく、その順序も間違っていないともな」

なんだかよくわからない話をしている二人を放っておいて、私は三重さんについての話題に戻す。

「それにしても、そんなに三重さんの状況は悪いんですか？　それだけ視力を失っているということですか？」

私の問いに看護師に化けた子狸……子狸ちゃんたちが互いに顔を見合わせながら、不安げに言う。

「そういう意味じゃありません」

「もっと、もっと恐ろしい話です。彼女はいつ死んでもおかしくありませんでした」

「もっと突き詰めて……視力が失われているから事故を起こすとか？　そういう話を鴻上先生が……」

そこまで私が言いかけた途端、廊下の奥から大きな音が聞こえた。ガラスが割れるような音だ。「見てきます」と言って、私は音のしたほうに駆けていこうとしたが、看護師に「だめです」と止められた。あまりに必死な様子に私は足を止めた。鴻上先生に視線をやると、その看護師を見ながら小さくうなずいて「月野はここにいろ」と口にした。

「……？」

わからない。さっきから鴻上先生たちは私が一人で行動しないように気をつけているようにも見える。

鴻上先生に目配せされた看護師は、音のしたほうに行ってしまった。

「大丈夫、そっちは気にしなくていいよ」

真田先生は私を心配させないように優しい口調で言った。そして難しい顔で言葉を続ける。

「彼女には使い捨てのコンタクトレンズを渡しているよ。最初は眼鏡を渡したんだけど、それじゃあまり変わらないと言っていたし……だけど、コンタクトレンズでどうにかなるとは思わないが」

「変なものが見えていることが問題なんですか？」

私の問いかけに答えたのは鴻上先生だった。

「いいや、そっちもさほど問題ではない。検査と診察の結果を見るに、おそらくシャルル・ボネ症候群だろう」

『シャルル・ボネ症候群』。霊力を持った人間やあやかしがかかる病ではなく、現実に存在する病で、視力低下を起こした人に、幻覚を見てしまう症状が現れる。

腕や脚を失ったのに痛みを訴える幻肢痛と似ている。著しい視力低下で目からの情報が激減してしまうと、それを補うために『脳で見る』機能が高まるために起きる。無意味な映像で脈絡なく、しかも現実感を持って現れることが特徴的だ。一時的なものので精神疾患ではない。しかし精神異常をきたしていると誤解されて隔離されてしまうと悲劇的なものでもある。

「それ自体は普通の病気だ。だが……」

そこで私は鴻上先生の言いたいことを察した。

「極度に視力が落ちている……そのことに問題があるのですね。原因はわかっているのですか？」

「いいや。あやかしに関連するものだと、それだけはわかっているが……」

悩むような鴻上先生の態度を私は不思議に思う。

それはなぜだろうか。検査結果でわかるようなものなのだろうか。

「ところで……」

鴻上先生は詰め所のパソコンが置かれるテーブルの下、一番隅に膝を丸めて顔を隠して座っている草加さんに話しかけた。

「いつまで、そんな隅に隠れて縮こまっているんだ。お前が表に出て話をしないとどうにも進まん」

「ぴよ！」

草加さんが妙な泣き声を上げた。

「ぶるぶるぶるがたがたがたぶるぶるぶるがたがたがた」

独り言のようなものを呟きながらも草加さんは、器用に膝を丸めたままの状態で、テーブルの下をつたいこちらに近づいてくる。

「平然としている君たちがおかしいんだよ！」

「そうなんですか？」

私の問いかけに草加さんの目から涙が溢れ出す。

「そうなんだよ！　ああ、君はそりゃ霊力がないからわかんないよね！　君はいいとしても霊力のある鴻上先生や真田先生が平気な顔しているのがわかんないね！　ちなみにこの中でいうと僕が一番影響を受けるんだからね。月野さんには、僕を一番に心配してほしいよね！」

草加さんは四つん這いになると、テーブルの下から顔を覗かせるようにして言葉を続けた。

「なのに誰も僕のことを心配しないし、その前にこの病院も正直やばい状況なのに、ほんと、どうしたら……」

草加さんは目だけでなく鼻からも水を出し始めた。

私は今回、聞き役だ。混沌とした話し合いの中、首を傾げながら言う。

「三重さんの病気はシャルル・ボネ症候群で、それ自体は問題ないですが、視力が極度に落ちたことは、あやかし関連が要因。即日入院してよかったと。草加さんにも影響があるくらい危険な状況だと……」

「そうだよ！　だから、とにかく早くあの患者さんの視力が落ちている原因を突き止めて、退院してもらわないと困るんだよ。だから方針を……決めないと！」

草加さんは混乱したままのようだ。

鴻上先生はため息をつくと立ち上がって草加さんのもとに近づいた。

「どうでもいいんだが、お前の推しのアイドルがそんなみっともない姿を許すのか？」

「そ、それは……そうだけど……たしかにそうなんだけど……」

草加さんは我に返ったような表情をした。のろのろとした動きだがテーブルから出てきて涙や鼻水をハンカチで拭いて、すっきりしたような顔をした。

「こんなみっともない姿……僕の推しが見たら呆れさせてしまうよね。仕事中なのに無様に大騒ぎして……騒いで悪かったよう。ごめんよう」

「そうか。落ち着いたようで何より」

そこで私はぽんと手を打った。

鴻上先生は意図的に草加さんの推しアイドルを連想させるような話題を投げて、草加さんの好きなものを与えることによって、彼の混乱した頭を冷やしたのだ。

それを草加さんも察したのだろう。恥ずかしそうに後頭部をかいている。

「ありがとう、鴻上先生。僕の推しの話は今の所、どうでもいいんだな。そうはいってても、あの患者さんの呪いをどうにかしないと……」

ぼろっと出てきた単語に目を丸くする。

――呪い？

鴻上先生はため息を付きながら草加に話しかける。

「やっぱりそうなのか、草加。お前の目で見てもか」

「そうだよ。鴻上先生も、その眼で確認できているんだよね。わざわざ僕に確認させせる必要はないよね」

その話を聞いて、看護師に化けた子狸がコクコクと何度もうなずいた。

「子狸たちも同じ認識か。……なら、呪いにかかっているという前提で、情報をたくさん集める必要があるな。今のままではどうにも判断ができん」

それは私も同じ意見だ。

鴻上先生がそう言った瞬間、いきなり鴻上先生含めた他のひとの視線が一気に私に集まった。みんな、どこか心配げな眼差しだ。

「あの、皆様、どうして私を見ているんですか？」

私になにか役割を期待しているのだろうか。だが、そうはいっても私にできることなど看護師としての仕事だけだ。

「まだ悟ることはできんか。これこそ俺がお前をわざわざここに呼んだ理由だ。お前の出番であり、活躍する機会である、月野」

鴻上先生の言葉に重みがある。私は元気に返事をするしかない。

「は、はい」

鴻上先生が深いため息をついた。そして私を指差しながら言う。

「はっきり言ってやろう。俺がお前に有益な時間と経験を与えてやる」

「は、はい」

「お前とあの患者が知り合いだという事実こそ、お前が力を発揮できるチャンスだ」

「は、はい？」

「だからこそ、ここでお前に頼まなければいけないことがある」

「だ、だから、な、なんですか」

ごくりとつばを飲み込んで鴻上先生の次の言葉を待っていると、彼はゆっくりと目を閉じた。そして言ったのだ。

「あやかしのことなど何も知らないあの患者に、あやかしについて信じさせろ。自分の状況を理解させるんだ。そうでないとお前も死ぬことになる」

「はい？　私も死ぬんですか？」

「そうだ、これは勘だ。確固たる理由はない。とにかく俺の言うことを聞け」

そんな鴻上先生の勢いに圧されて私はコクコクとうなずく。確固たる理由がないのに死ぬと言われても実感はわかないが。

真田先生が私に顔を向けて言った。

「鴻上先生が誤解させるようなことを言っているね、すまないね。ただ困っているのは事実なんだ。何が困っているかというと、実際に月野さんがそうであるように、普通の人はあやかし関連のことをすぐに受け入れられないんだ。とくに彼女は本当にそういったものについて何も知らないんだと思う、おそらくね。だからこそ、あやかしについて認知させるには慎重にいかないといけないんだ」

「たしかにそうですね」

真田先生の説明はわかりやすい。

私は草加さんで、あやかしの実在を信じ込んだけれども、それはこの病院について違和感を持っていたからなのも大きい。

「僕たちが話すよりは知り合いである君から打ち明けてくれたほうが、うまくいくかと思うんだ。だからといって急にあやかしについて話を持ち出しても戸惑うかと思うから、まずはどこまで受けいれられるか確認してほしい」

「わかりました」

真田先生の話に私は賛同する。それで彼らの力になれるなら嬉しいことだ。

「……でも、外来はどうしましょうか」

そう真田先生に問いかけると彼は優しくほほえみ返してくれた。

「それなら僕や子狸たちのほうで何とかするから、どうかお願いしたい」

「はい！」

うなずく私を見て鴻上先生もため息をつきながら手招きした。

「ついてこい」

鴻上先生は詰め所から離れようとする。向かう先は三重さんの病室なのだろう。私に寄り添うような形で話しかけてくる。

「あの患者と二人きりで話をしてほしい」

「はい、別に構いませんが。先生は？　先生も一緒のほうがいいのでは？」

鴻上先生は冷めたような視線を三重さんの病室に向けている。

「俺がいたほうが警戒される。……それに、どうせ部屋の外からでもお前たちの様子を観察することができるからな」

警戒という単語の選び方に私は首をかしげる。

「とりあえず、まずはあやかしについて、どれだけ知っているのか確認しますね！」

私は「頑張ります」と微笑んだのだった。

◆

三重さんは寝台に寝ることもなく、どこか居心地悪げに椅子に座っていた。

極度に視力が悪くなり、妙なものが見えるだけであって、入院するまでもないと本人は考えているからだろう。持ってきた鞄を無造作に床に置いている。スマートフォンで家族と連絡を取り合っていたのだろう。私の姿を見るなり、どこかほっとした様子でスマートフォンを膝の上に置いた。

「あら、月野さん。……こんな個室……高いのではないかしら。差額ベッド代はかからないという話だったけれど」

「そこは問題ありません。……あの、少し話を伺っても？　私も三重さんのことが心配なんです。少しでも三重さんの治療に役に立ちたくて……」

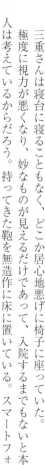

その言葉に、三重さんの身体から緊張が抜けていく。頬を緩めて嬉しそうに微笑みかけてくれた。

三重さんを心配している。それは私の本当の気持ちだ。

今、こうして私が看護師をやれているのも、最初の病院で人間関係のトラブルに悩んでいたとき、三重さんが私を導き、手助けして、励ましてくれたからだ。

「ここ最近、妙なものを見たという話ですが、それは幼い頃にも見たことあるんですか、その、あやかし、とか……」

そう三重さんに質問するなり出てきた言葉はこれだった。

「あやかし？　なにそれ、最近、そういう本が流行っているのは知っているけど。急になに？　たしかに最近、変なものは見えるけど、あれは幻覚の類だと思っているんだけど」

唖然としてしまった。

たしかにこの状況で急にあやかしといわれてもそういう対応を取るだろう。

「そうです……よね」

「その、あやかしというのがどうしたの？　そういえば、子どもたちに人気のマスコットでそういうのがいた気がするけど、それの話をしているのかしら？」

無邪気な顔でそう問いかけてくる三重さんに私は何も言えなかった。

◆

「まあ、よくあるパターンだよ」

すごすごと詰め所に帰ってきた私を、気にかけて待っててくれていた真田先生が私の話を聞いてくれた上で声をかけてくれた。鴻上先生はいない。

「ただ、その場合、普通に話を持っていっても信じてくれないことが多いからね。だからこそ僕たちが話を持っていくよりは君のほうがいいと思ったんだけどね」

「さっきの私みたく、草加さんの正体を見せればいいのでは？　だめなんですか」

そう真田先生の言葉に私が返すと、彼が表情を曇らせた。

「君は既にこの病院と縁があるからね。だけど彼女はそうではない」

「だからこそ私が橋渡ししなければいけないんですね」

そう私が返答すると真田先生がほほえみながらうなずいた。

「しかしどうしたものか。受け入れやすいようなアイテムがあればいいんだけど」

「受け入れやすい、ですか……」

首をひねったが、そうそう良いアイデアは出てこない。

「ゆっくり考えてくれるといいよ、どうせしばらく彼女を入院させる必要があるからね。少なくとも原因がわかるまでは」

「わかりました」

「とりあえず君は外来に戻ってほしい。あとで別の仕事をお願いするかもしれないから」

真田先生の言葉にうなずくと私は詰め所から出ようとする。

「……そもそも縁があっても受け入れてくれるかどうかわからないからね」

意味ありげにつぶやいた真田先生の言葉に、私は少しだけ首をかしげた。

◆

詰め所から外来エリアまで戻ろうとしていると、足元を駆ける小さな影が視えた。

驚いて足を止めると、その小さな影もびっくりしたようでぴょんと跳ねた。

「ぴえっ、なに！　姿を消していたはずだけど」

そこには子狸がいた。大量の書類を持っている。

「あ、新しい人！　ぼ、僕の姿は書類ごと消していますよ」

「視えていますけど」

そう私が言うと、子狸は書類を床に下ろし、自分の体やフードをペタペタと手で触った。

「あ、ああ！　ほんとだぷ！　姿を消したのに！　失敗しちゃった。早く姿を消さないと！」

「やめて、消さないで」

「どうして？　どうしてだぷ？」

「今、アイデアが出てきそうなんです」

「アイデア？」

　ひょこひょこと首をかしげた子狸を見つめて、周囲を確認した。人の気配がないことを確認して「抱きしめていいですか？」と尋ねた。ぎこちなくうなずく子狸を見て、そっと抱きしめる。

　そしてぴんときた私は、ぎゅっと腕に力を込めた。

「あああ、わかりました、これです！」

「これってなんだぷ！」

「あなたは服を着ているけれども、可愛いアライグマです」

「い、いや、僕は子狸だぷ」

「そうですよね、狸ちゃんですよね、とっても可愛いです」

「そ、そうでぷ？　そう言ってくれて嬉しいでぷ。みんな似たような姿だから、あまりそんなの言われることはないでぷからね」

　子狸はせわしなく首を左右に動かして戸惑った様子を見せている。私は子狸を抱きしめて、詰め所からやってきた真田先生へと、そのまま子狸を見せつける。

「真田先生、これです！」

「月野さん、どうしたのかな？」

首を傾げて問いかけた真田先生に、私は大きくうなずいた。

「この子です、この子がきっと三重さんにあやかしを信じさせる鍵になります！」

「子狸をどう使うつもりなのかい？」

「先程、会話の中で、三重さんが、あやかしをマスコット的存在と例えていました。それはつまり、そういうマスコットを好きだから出てくる言葉だと思うんです。なので、その好きを利用しようと思いました！」

「なるほど」

真田先生は眼鏡を指でくいっと動かしながら、納得したかのように返答する。

私は満面の笑みを浮かべた。

「こういうのは思い立ったら吉日です。この子を今から三重さんに見せに行こうと思います」

「まあ、喋らなければ、ただの服を着た狸だからね。問題ないんじゃないかな」

真田先生の許しを得て私は安堵したのだった。

◆

早速、病室にいた三重さんに抱きかかえた子狸を見せることにした。

「あら、月野さんどうしたの？　何か忘れ物かしら」

三重さんは寝台に横になって窓から外の景色を眺めていたようだ。すぐに私の抱いている子狸に気づく。

「その子は……？」

「実は、この病院は特殊なんです。それをとりあえず説明するために、こうしてこの子を連れてきました」

「そうなの？　可愛らしい服を着ているのね。たしかに動物がうろつく病院は珍しいかもしれないわね。介護施設とリハビリ施設と併設していた病院に犬を飼っていたのは見たことあるけども」

「そういう意味じゃないんです。実は、その……あやかし、というものはですね……」

私は子狸を天井に掲げてみせた。

「この子があやかしなんです」

「でぷー」

子狸が困惑の色を隠さないまま鳴いた。人間の言葉を発さないあたり、配慮を見せているようだ。

「まあ、可愛らしい鳴き声」

三重さんが嬉しそうに声を弾ませた。

「あやかしちゃんという名前なの？　そう……丸っこくて愛らしいのね」

そうして目を細めて三重さんが子狸の頭をそっと撫でた。

「これからもよろしくね、あやかしちゃん」

「……」

だめだ、まだ何も話が通じていない。三重さんは私を見て目をパチパチさせながら問いかける。

「あら、どうしたの、月野さん？」

「い、いえ、何でもございません」

私は戸惑いながら曖昧な笑みを浮かべた。

子狸に人間の言葉を喋らせたとしても、今のままだと「可愛い腹話術ね」で終わらせてしまいそうだ。どうしようか対応に困っていると、三重さんが揺れる瞳で見上げてきた。

「……ねえ、私、どうなってしまうのかしら」

「三重さん」

僅かに震える声に私は子狸を抱き戻して彼女の話を聞く。

「私、ちょっと診てもらうだけだったのに、こんなことになって……こんな原因不明な状況が続くだなんて、全然思わなくて……」

三重さんは不安そうに顔を持ち上げて目をうるませた。

私は、あやかしが視えない。そもそも、この病院に来たばかりで、一体、あやかしとは何なのかすらわからない。だから、あやかし関連の話をすることができない。

嘘をつくべきか、それとも正直に言うべきか。

そこで私は最初の病院で起こった出来事を思い出す。最初の病院で尊敬していた先輩の背中をふ、と思い浮かべる。

そう、目の前の三重さんのことだ。

本来、眼科はそんなに重篤者は出ない。しかし最初に働いた病院は特殊で、科に限らず不幸が重なり、重篤者が出ることが多々あった。

私がいた眼科にも、たまたまタイミングが悪く状態の悪くなってしまった患者さんがいて、急いで家族を呼んだのだ。家族が到着する少し前に心臓が止まってしまった。家族は間に合わなかったのだ。

だが先輩は「ご家族が来てくれて安心したんですね。ご家族の声を聞いてから心臓が止まりましたね」と言っていたのだ。本当に家族の声が聞こえたとは思えない。

そのあと、私は先輩に何故、あんな嘘をついたのかと質問した。先輩は「きっと、この言葉が残された家族の生きるための力になると思ったから」と答えたのだ。

——同時に「看護師は女優のようなものだ」とも。

優しい嘘だってあるのだ。私は先輩の背中から、それを教わった。最初に勤めた病院は、今までのと同様、いいやそれ以上に酷い環境だったが、それでも、あの先輩がいたから看護師としての職に希望を持つことができたのだ。

私は三重さんを見つめた。彼女は今、拠り所を探している。それはきっと事実でなくても、彼女の励みになるはずだ。

「私がついていますから、先生も。だから絶対に大丈夫です。そのうち原因もわかって視力も回復しますよ」

そう笑顔で言った。

するとと三重さんは、そこで初めて安心したような、心を許したような優しい笑顔を浮かべた。

「ありがとう。……そうよね、なら頑張らないとね。あなたがいてくれてよかったわ」

仕事を終えた私は部屋を出る。

結局、少しわからない点があっても看護師としての役割は同じだ。

そもそも看護師自体、たまたま私が眼科を多めに担当しているだけであって、どの科でも通用できるような一般的なスキルを持っている。だからこそ、特殊な環境であっても、看護師として働く上で気にする必要はないのだ。

扉を閉めたあと、そっとつぶやいた。

「看護師は女優であれ……すべてあなたが教えてくれたことです。本当にありがとうございます」

外来エリアのバックヤードまで行くと、そこには真田先生がいた。私の姿を見るなり声をかけてくる。

「どうだったかい？」

「だめでした……でも……」

私は三重さんの安心した笑顔を思い出す。力強い笑みで言葉を続けた。

「患者さんが私を信頼してくれる限り、頑張りたいと思います」

「そうだね」

真田先生も柔らかな笑顔を見せてくれた。

「いいんだよ、これからゆっくりと認識させればいい。どちらにせよ、原因がわかるまでは彼女に入院してもらうことになるのだから。そして今は安定している。だから、そこまで気にしなくても大丈夫だよ」

「いいや、それではダメだ」

遠くから声が聞こえた。鴻上先生だ。廊下の奥から、カツカツと足音を響かせながら鴻上先生がやってくる。

「鴻上先生！」

私が彼の名を呼ぶと、鴻上先生は形のいい人差し指を私に突きつけてきた。

「また、お前は逃げるのか！」

「に、逃げる……？」

つぶやく私に鴻上先生は一歩、足を踏み出してくる。

そして力のこもった声で言った。

「パワハラされて人間関係に困り、お前はすぐに環境を変えた。月野、お前のダメなところはそうやって逃げるところだ。今すぐ患者の部屋に戻れ。……ここで再び逃げたら逃げ癖がつく。俺の言葉は絶対だ。間違いなんてない。俺を信じろ」

先生の言葉を聞いていると、腹の奥底からみるみるうちに力が漲ってくる。

先生はさらに声を張り上げた。

「諦めるな。次があると考えることは良いが、状況によっては毒となる。今こそ毒だ。下手な癖がつけば矯正に時間がかかる。より良い時期にリセットすれば逆に成長につながる。ここを乗り越えれば、間違いなくお前は古い殻を脱ぎ捨て、新しいお前へと脱皮できる。だから諦めるな！」

「わかりました！」

私は即座に返事した。先生の言葉は間違っていないような気がしたからだ。

「私は先生を信じます。わかりました、やってみます」

「そうはいいつつ、アイデアあるのかい？」

「ない」

真田先生は鴻上先生に問いかけたが、彼は首を横に振った。

「それは俺の仕事ではない。そこまで手助けする気にはなれない。しかしそうだな……」

そこで鴻上先生は顎に手を添えながら私を見て言った。

「こういうのは突拍子もないことをして相手にショックを与えたほうがいいかもしれない。結局、突拍子もないことをするんだ、追加で突拍子もないことをしたところで問題はないだろう。マイナスにマイナスをかけるとプラスになる。まあ、限られたケースではあるが、ここはあえてやってみることに価値はあるのだ」

「わかりました、なんとなくいけそうな気がします。やってみます！」

そう私は返事して子狸を持ったまま踵を返したのだった。


「妙な精神論でごまかすには限界があるよ」

月野がいなくなったあと、そう真田が鴻上に話しかけた。

「僕は反対だけどね。これ以上、余計な行動をするのは」

「まあ、そうだろうな。……安心しろ、俺の判断はいつも正しい。間違ったことが今までにあるか？」

「あったけど、君が忘れているだけだろう」

真田がすぐに突っ込んだが鴻上はかぶりを振って言った。

「そうかもな……おそらく、今回のあれこれは、数年前から頻発しているあやかし関連の懸念事項と関わりがあると俺は踏んでいるよ」

「そういうことを言っていたね。勘かい？」

真田の問いに鴻上は不敵な笑みを浮かべて告げる。

「ああ、勘だ。しかしその勘を根拠に変える。三木志摩《みきしま》に調査を進めさせるつもりだ」

◆

「三重さん！」

私は三重さんの病室に入るなりに彼女に話しかけた。

「あら、どうしたの？　まだなにかあるの？」

驚く三重さんの寝台の横に私は立つと彼女の顔を覗き込んだ。

「やはりちゃんと告白しようと思いまして……」

「告白？　何を？」

困惑する三重さんに私は子狸を掲げて言った。

「あやかしは実在します。今からそれを証明してみせます」

私が先生にしてもらったことを真似するのだ。私は子狸を見て言ったのだ。

「子狸ちゃん、お願いします？　さあ、喋って！」

「本当にいいのでぷか？」

子狸は戸惑いぎみだ。それを見て三重さんが口元を手のひらで押さえる。

「え、喋っ……」

「まだです。さあ、子狸ちゃん、ここで今度は三重さんに化けてください！」

「わ、わかった、でぷっ」

私の声を聞いた子狸が私の手を離れて、くるんっと空中で回転した子狸は三重さんに化けた。見事なまでにそっくりだ。

「ひ、わ、私……私が二人？」

三重さんは唇を震わせながら三重さんに化けた子狸を指差した。それを見て私は三重さんに言ったのだ。

「こんなふうにあやかしは人に化けることができます。そして三重さんの症状はこういったあやかしに関係するものなんです。まだはっきりした原因はわかりませんが、これから先生は三重さんのために……」

私はそこで言葉を止めた。三重さんが腹を抱えて笑い始めたからだ。

「ふ、ふふ……ふふ、ふふふふ……ふふふふふ」

私は戸惑いながらも「どうしたんですか？」と問いかける。すると三重さんが私を見上げながらも答えたのだ。

「子狸ちゃんにも驚いたけど、あなたの行動に驚いたわ。まさか、ここまでするなんて。……大丈夫よ、あなたのことは信頼しているもの。あなたの言葉にも嘘偽りはないのでしょう」

そして優しげな双眸で私を見つめてくるのだった。

「この病院に来たのは前の病院のお医者様のすすめだけど正解ね。ここにあなたがいるだけで安心できるもの。ありがとう。私のためにそこまで頑張ってくれて……だから、あなたがそう言うのなら、そうなんでしょう」

　そう言いつつも三重さんは困ったように笑ったのだった。

「それはそうと、やっぱりちょっとびっくりしちゃったわ」

◆

　あれから数日後、仕事に慣れてきた私は、ご飯を食べようと男女共有の休憩室に向かっていた。

　休憩室にはカップラーメンの自動販売機が置いてある。地域病院としては、設備がちゃんとしている。そしてラーメンは私の好物だ。休憩室はガランとしている。気ままに周りを気にせずに食べられるのはいいことだ。

　うきうきとしながら、カップラーメンに湯を入れて、三分待っていると扉が開く音がした。

　鴻上先生だ。端正な顔立ちとラーメンの香り漂う部屋は不釣り合いだ。

「先生！」

「カップラーメンか。なるほど、なかなか素晴らしいセンスだ」

そう先生は、どこか呆れたような目を向けてきたのだった。

そのまま先生は、どかどかと乱暴な足取りで私に近づいてくる。

「はい。ラーメンが大好きなので」

「良いな、そうやって好みをはっきり口にする。好印象だ」

私の言葉に鴻上先生は親指を立てて言ったのだった。

テーブルについている私の前に、対峙するようにして座った鴻上先生の顔をまっすぐ見据えながら言う。

「あの、三重さんの様子はその後如何でしょうか」

「電子カルテを見ればわかることを俺に聞くのか？」

「い、いや、それはそうなんですけれども！」

「いや、構わんぞ。なぜなら今は休憩時間だからな。いつでも仕事のことばかり考えても気が滅入る。こういうのはメリハリが大事だ。……まあ、だからあえてここは世間話を振って貰っても構わないのだが……それだけ患者のことを気にかけているということだろう。ここはお前のその配慮を尊重してやろう」

鴻上先生は上機嫌な様子で弁当の包みを開けながら言う。

「あれから状況は変わらん。だが……患者の容態は落ち着いている。どうやら、まだあやかしや呪いについては完全に信じているわけではなさそうだが」

「そうなんですね」

苦笑すると鴻上先生は乾いた笑みを浮かべた。

「まあ、それも予測範囲内だ。この場合、あやかしを信じる信じないというより、まずはこの病院について安心感を持ってもらう、そのためにお前は大事なアイテムだ」

「な、なるほど」

さすがに言葉を選んで欲しい。首を傾げていると鴻上先生は言った。

「普通の患者はあやかしについて、そうそう簡単に理解することはできん。それが自分の危険につながるのならなおさらだ。お前がもしあやかしに関連する呪いにかかっていたとしても、そうだろう？　あやかしのせいで命が危ないと言われてもピンとこないだろう？」

鴻上先生の言葉に私は素早く首を縦に振った。

「そうかもしれませんけど、でも実際、この病院には子狸ちゃんたちもいます。だから先生たちの言葉を信じることができます。だからきっと私の命は危ういのでしょう」

私は顔を上げて言った。

「私は本当に理想とする看護師になりたいんです。だから、このままわけのわからないまま死にたくはないです」

私の言葉に鴻上先生は腕を組んでため息を付きながら言った。

「そうやって信じやすいのもある意味、メリットなのかデメリットなのか……正直、お前にかかっている呪いは強力だ。だから、どうしてそこまで影響を受けていないのか不思議でたまらん。だが……はっきり口にする。それでもお前は近いうちに死ぬだろう。だが、それでもここにいる分には俺たちが何とかしてやる」

「わ、わかりましたとも！」

戸惑いぎみに私は返事した。本当に鴻上先生は馬鹿正直な人だ。

鴻上先生は鼻息荒く言う。

「そしてここからが大事だ。この病院にいる限りは何とかなるのもあるが、お前の存在が、普通にあの患者の励ましになっているようだ。これからも、あの患者のことを頼みたいんだがな」

「は、はい。頑張ります。でも私は外来担当で……」

「まあ、はっきりいうと外来担当じゃなく病棟担当になってほしい」

「は、はい、わかりました。こちらこそお願いします」

驚き、困惑しながらも破顔する私の反応に苦笑しながらも鴻上先生は笑った。

「そんなに喜ぶことか？」

「え、ええ、やっぱり患者さんともう少し距離を縮めて……」

そう言いかけた瞬間、鴻上先生の眼差しが厳しくなる。急に変わった表情に私はおどろきならも先生の言葉を待つ。先生は声を低くして言った。

「だが患者のことを理由にしたり言い訳にしたり、逃げ場所にするなよ。俺がお前を買っているのは、きちんとお前が考え出した結果の信念を持っているからだ。だからこそお前に辛いことがあった場合は逃げ出してほしくないのだ。体育会系のような言葉に聞こえるかもしれないが、俺ははっきりと言葉を口にすることこそ、意味があると思っているのだ」

鴻上先生は腕を組みながら言う。

「そういう空気だとか、そうすることが当たり前だとか、察してほしいとか、それらはすべて相手の善意や経験に頼ったやり方だ。甘えている。また、本来、そうなってほしくないと思ったことを招いたところで、そこで相手を責めるのも間違っている。結局、自分も相手も、選択して歩いてきた道のりだからだ。その選択自体もまた、間違っていないと思っている」

そして鴻上先生は私に手を差し伸べてきた。

「なぜならお前は、今まで辛い目にあってきたかもしれないが、こうしてここで俺と出会えているのだから。これは、運も含めて、ある意味天命であり、お前の選択だ」

「はい……」

半分以上、先生の言葉がわからないが、私のために言ってくれているのは、何となく理解できる。

だから大きくうなずいたのだった。

鴻上先生は素早くうなずきながら言葉を続ける。

「何が言いたいかというと、俺はお前の困るようなことはしない。できる限りはさせないつもりだ。今までパワハラにあってきて嫌になったこともあったかもしれないが、過去を振り返ることに時間も使うな、あまりに無駄だ。ここで、俺の病院のために使え。……これは……パワハラではないだろう」

「はい、パワハラじゃないです。ありがとうございます」

思わず深々と頭を下げてしまう。そのあと、ふふっと小さく笑った。

「すごく熱いんですね、いいえ、誠実ですね。その熱にやられてしまいそうです」

「そうだぞ、俺は誠実な人間だ。はっきり言うと俺の存在こそが至上だと信じている」

「ふふっ、頼りにしてます」

先生の言葉に私は小さく笑った。

こんなに面白い先生のいる病院だ。こんな自分が力になれるのなら、この病院を支えていきたいと強く思ったのだった。

「まあ、程々にな。俺も完全なる善人ではないのだから」

――その不穏な響きに少し気味の悪さを感じながら。

たしかに私は命に関わる呪いにかかっているが、その詳細はまだわからないということで具体的な話まではされていない。

鴻上先生の今の、不穏な言葉も気になる。

この病院には、まだまだ私の知らない謎や先生たちの思惑が隠されているのではないか。

でも、まあいいかとも思うのだ。

なぜなら新しい職場で理想とする看護師を目指し続けることができるのだから。

第二章

病棟担当になってから初めての日だ。

朝の申し送りのために詰め所に向かう。

詰め所も眼科にしては広い。詰め所は病棟の中心にあり、常にオープンで、患者を見れるようになっている。基本的にはこの詰め所からどの部屋にもすぐに行けるようになっている。ホワイトボードには私の担当する患者が書かれており、何台かパソコンが並んでいる。あらかじめ教えてもらっていたＩＤとパスワードを打ち込むと、病棟のマップが表示された。

「遅れてごめんなさい」

急に後ろから声をかけられ、私は急いで振り返った。

そこには赤い服を着た看護師の女性がいた。どこか生気のない瞳で私を見てくる。

「ろくに引き継ぎの時間も設けられずにごめんなさいね。私が看護師長です」

名乗られた名前を見ると子狸であることに気づく。私はそっと囁いた。

「もしかして先日の子狸さん？」

そう言うと看護師長さんは、はっとした表情になる。

「ここでは看護師長として接してちょうだい」

そう返されて、私もうなずいて返答した。

「基本的にはパソコンの中に患者情報や薬、医師の指示が入っているから、そこを参考にしてください。わからないことがあればワゴンのパソコンですぐに情報を確認してください……」

そう言って、あとは基本的な患者の話を聞く。

「緑内障の患者さんが一人いるので、洗髪する必要があります。洗髪用の部屋は初めて来たばかりでわからないと思うので、病棟マップを印刷しておきましたから確認しておいてください」

そう説明されて、ほうと息をつく。

「あまり時間が取れなくてすみません」と頭を下げながら看護師長が出ていこうとする。だが、すぐに素早く振り返って慌てた様子で口にする。

「あ、そう。今日、あなたが担当している笠沼《かさぬま》さん、あの患者さんは院長が担当しているから、少し気をつけてあげてね」

念のため私は確認する。

「あやかし関連ですか」

「ええ、そうよ。電子カルテを見てちょうだい、あの先生のことよ、リアルタイムに情報が更新しているはずだから」

「わかりました」とうなずく。もう少し詳しく確認したいが、これ以上、看護師長を引き止めるのは難しそうだ。なぜなら看護師長は疲労のせいか顔色が悪い。昨日、深夜勤務で激務だったのだろう。この病院には子狸の化けた人間と普通の人間が混ざっているが、過酷な仕事は子狸に任せている部分が多いようだ。

「……笠沼さんと三重さん以外の他の患者さんは真田先生が担当医師ですか」

「ええ」

三重さんと笠沼さんが、あやかし関連の患者。とくに私が気をつけなければいけない患者だ。

私は病棟マップを眺める。患者さんの名前が記載された部屋をクリックすると、その患者さんのカルテが開かれる。

看護記録はＳＯＡＰ記録とも呼ばれており、記述形式が決まっている。看護師がわかりやすく引き継ぎをできるようにするためだ。Ｓｕｂｊｅｃｔ《主観的情報》、Ｏｂｊｅｃｔ《客観的情報》、Ａｓｓｅｓｓｍｅｎｔ《評価》、Ｐｌａｎ《治療方針》の頭文字が割り当てられており、感覚的にソープと読んで扱っている。

「Ｓ：傷が痛い」「Ｏ：本日術後三日目。上記の訴え、創部発赤あり。腫張、熱感ある。本日の採血結果にてＷＢＣ３０００、ＣＲＰ２．５６。スルバシリン投与中。アセリオ指示あり」「Ａ：創部感染傾向あり、感染の憎悪部分注意する必要あり。薬剤効果期待する」「Ｐ：アセリオ投与」――端的に客観的情報、観察したことから実施したことまで正確に書かれている。

看護記録については、次の看護師が見たときに「創部を注意して観察しよう」「鎮痛剤の効果をみて痛みはひどくならないようにしよう」とわかるように配慮が見える。ここの看護師は少ないながらも優秀のようだ。

緑内障患者については家族構成や既病履歴にもとくに奇妙な点は見受けられない。

手術直後の創部に気をつけるべきで、それ以外でおかしな点はどこにも存在しないように見える。

看護記録は重要だ。これをもとに鴻上先生がリアルタイムに患者をチェックして、看護師たちに指示を出している。看護師たちが現状に応じたケアができるように。

そうして私は例の笠沼さんの看護記録を眺めながら——

ひたすらに目を丸くした。

◆

——あの笠沼さんの看護記録は何だったのだろう。

見慣れぬ単語が飛び交っていた。

あれがあやかしに関する患者の看護記録なのだろうか。

一応、リアルタイムに電子カルテをチェックしている鴻上先生宛に質問を残しておいた。

いつでも電子カルテを確認している鴻上先生のことだ。きっとすぐに気づく。

患者さんのところに挨拶しに行く。主に検査と点滴だ。患者さんから情報を聞き出すことも忘れない。血圧や体温など一通りの検査を終えたあと、痛み、見え方など、細かく確認していく。目やにの多さの観察も忘れないようにする。

緑内障の患者については、下を向かないように気をつけないといけない。手術したばかりで創部に感染傾向が見受けられるからだ。

そして笠沼さんは最後だ。それを意識して、私は笠沼さんの部屋に向かう途中で身を震わせる。

とうとう笠沼さんの個室の前までやってきた。

看護記録のことを思い浮かべながらノックする。

そうして――

「ねえ、だから、あやかしは、いつ、また視えるようになるのかしら?」

この言葉を笠沼さんから聞くことになる。

笠沼さんは不安そうな眼差しを私に向けていた。

患者さんを心配させるようなことはできない。そう、患者は看護師を選べないからだ。

だが、私では看護記録の内容を理解できない。

ゆっくりと笠沼さんの看護記録を思い出す。

「S：あやかしなど霊的存在が視える傾向なし。それ以外に異常なし」「O：本日の採血結果にてHbA1c7%。血糖値の異常。検尿検査指示あり」「A：症状改善の傾向なし。霊管を視る必要あり」「P：アクリア投与」。

知らない薬剤の名前を書かれても何がなんだかわからない。アセリオならば解熱鎮痛剤だからわかる。しかし、アクリアとはなんだろうか。

鴻上先生のチェックは間に合わなかったようだ。

だからこそ私のほうでどうにか対処しなければ。

混乱した頭をどうにか整えようと呼吸を落ち着かせていると、笠沼さんは髪を振り乱して必死な声を上げる。

「あやかしを視て人を救う仕事をしているのよ。依頼も溜まっているからどうにかしたいのよ」

そう、彼女の職業は占い師だ。人に憑いたあやかしを視て、その人の未来や運命を予知して本質的に目指したほうがいいところを見出し、助言を授ける。そういう仕事をしているようだ。だからこそ彼女はこれほどまでに必死なのだろう。

「今も全然、あやかしが視えなくて。いつも傍で私を護ってくれるあやかしがいるはずなんだけど、その子も視えないものだから本当に困っているのよ。……ねえ、せめて、その子の居場所だけでも教えてもらえないかしら？　お願い、お願いよう……」

差し出された手を見ることしかできない。しかしそのとき、扉から救世主が現れたのだ。

　鴻上先生だ。

　どこか自信満々な表情はそのままに、苛立ちが垣間見える双眸を一瞬だけ私に向けて、それから、すっと笠沼さんの横の空間を指差した。

「安心しろ、そいつはお前に寄り添っている。お前の言うことに従い、普通の人間には視えないように、気をつけながら」

「ああ……」

　笠沼さんは目をうるませて一筋涙を流した。

「あの子は変わらず優しくて、私の言葉を守ってくれているのね。早く視えるようにならないと……先生、お願いします」

「ああ」

　鴻上先生はゆっくりとうなずいた。そして腰に手を当てて私のほうを眺める。

「外に」

　そう、鴻上先生は一言だけ言ったのだ。

◆

　病院の廊下に連れ出された私はどうしたらいいかわからず、唇を強く結んで鴻上先生の顔を見上げるしかない。苦々しい顔で鴻上先生は言った。

「はっきり口にしよう。お前のさっきの行動は、やや間違っている。やや、というのは俺の配慮だ。やはり言葉には気をつけないといけないからな」

「確実に間違っていると言いたいのですね」

「まあ、そうだな。結局、お前にそうバレてしまうのなら、はっきり最初から口にしたほうが良かったのか」

「……どこが悪かったのでしょうか」

「それをお前に順番に説明していく。言葉こそが力だと信じているからな。はっきり口にしてやる」

「はい」

鴻上先生の言葉に素早くうなずいた。聞きたいことはたくさんある。だが、それよりも、私は笠沼さんに会う前に、たしかに鴻上先生に話すべきだったのだ。

「カルテはどこまで読んだ？」

「すべて目を通しています。網膜の一過性虚血発作《いっかせいきょけつほっさ》の疑いがあると」

「そうだ」

「そして、あやかしが視えなくなっていると……」

そう口ごもるように言って、私はたまらず一歩、鴻上先生へと踏み出す。

「一過性虚血発作とあやかしの関連性をカルテから読み取れなかった部分を教えてい

ただけますか」

「患者と接するには事前情報が必要だ。そのためには色々電子カルテに配慮して書いたつもりだが足らない面が多かったのは俺の失態だ、そこは認めよう。なにはともあれ結果がすべてだからな……う……」

「鴻上先生……？」

　どうも様子がおかしい。慌てていると鴻上先生が頭を手で抑える。私の呼びかけも耳に入っていないようだ。よく見ると鴻上先生の顔は真っ青だ。

「鴻上先生、どうかなされました？」

「う、くそ……」

　そこで鴻上先生はくらりと身体を傾かせると、そのまま私に倒れ込んだ。

「鴻上先生？　え？　先生、先生……」

　私は声を抑えて鴻上先生の名を呼ぶ。下手に声を出してしまえば患者に余計な心配をさせてしまうかもしれないからだ。

「あわわ、鴻上先生……そうだ、休憩室に運んで……！」

　私は鴻上先生を抱きかかえて、ゆっくりと床におろした。

　慌てた私は首に下げた電話を操作する。真田先生を呼ぶべきだろう。

「どうしたんだね」

「鴻上先生が……倒れたんです！」

「なに！」

「車椅子に乗せて休憩室に運びます。来てください！」

「まさか鴻上先生のあれが……！　いや、まさかしばらく安定していたはずだ」

「あれ？　あれがどうしたんですか？」

「いや、まずは確認したい……！」

真田先生が何を焦っているのか、わからない。急に電話は切れてしまった。

看護師長が休憩室か更衣室にいるかもしれない。私は詰め所に向かうと、そこから車椅子を持ってきた。鴻上先生が倒れた場所に向かい、車椅子に彼を乗せた。

そのまま急いで休憩室に向かう。鴻上先生の様子しだいでは救急車も呼んだほうがいいのかもしれない。ここは眼科だ。治療には限界がある。

私は鴻上先生を車椅子に乗せたまま、扉を突き破るかのように共通休憩室に突っ込んだ。

「看護師長！　いますか、鴻上先生が……」

そこで目を丸くした。

ソファーに小さな狸たちが数匹、寄り添いながらテレビを見てゲラゲラ腹を抱えて笑っていたからだ。

「こんなのに文句言う大人おかしいでぷ。めちゃくちゃ優しいパンチでぷ」

「こんなのパンチとはいわないでぷ。優しく撫でているようなものでぷよ」

「こんなものを暴力描写というやつがいるとは変な話でぷ」

　テレビには子供向けのアニメが流れている。ぷうぷう鼻息を鳴らして小さな狸たちは大はしゃぎしている。

　身体が固まった。だが、鴻上先生の危機だ。こんな奇妙な事態に動揺して行動を止めるわけにはいかなかった。

「すみません！　鴻上先生が大変なんです！　誰か看護師長さんをご存知ないですか？」

　その声に、ぴたり、と小さな狸たちが動きを止めた。おそるおそるこちらに顔を向けてくる。瞬間、ぴいぴいと騒がしく鳴き声を上げ始めた。

「ぴえ、さぼっていたのがばれたでぷ」

「ちくられちゃう、ちくられちゃう」

「どうしよう、ご主人さまに怒られちゃうでぷよ」

「ああ、ごめんない、大丈夫です、ちくったりはしませんから！」

　そう私が慌てて小さな狸たちを宥めすかしていると、扉から息を荒げながら真田先生が現れた。

　そうして私たちを見ると事態を察したのか、額に手を当ててため息をつく。

「真田先生！　鴻上先生が大変なんです！」

「真田てんてい！　どうしよう、さぼっちゃったのがばれちゃったでぷう！」

同時に私と小さな狸の声が被さって、再び真田先生が頭を抱えた。

◆

「はっきり言うと、疲労だね」

車椅子に乗った鴻上先生を見て、そう真田先生は言った。

「病気ではないんですかね。検査の必要は……？」

胸に手を当てながらそう問いかけると真田先生が首を横に振った。

「問題ないよ。……色々な理由で彼については検査を先日したばかりでね。ほら、よく見てごらん。気持ちよさそうに寝ているだろう。……うん、寝不足だね」

言われてみれば、鴻上先生は疲れ果てた苦悩顔で寝息を立てている。

真田先生は私を見ながら申し訳なさそうに眉毛を下げた。

「さすがに寝るようには言っておいたんだけど……鴻上先生、まさかまた徹夜で仕事したのかい？　きちんと睡眠をとれるときは取っておいたほうがいいと言ったんだけどね」

「ふん、お前らしい言葉だ」

車椅子のほうから声がした。

「起きたんですか、鴻上先生」

　そう私が呼びかけると鴻上先生はゆっくりと車椅子から立ち上がった。ポキポキと首の骨を鳴らしながら胡乱げに言う。

「俺がいつ寝るかは俺が決める」

「だからといって寝ちゃいけないときに寝たら意味がないだろう」

　真田先生の言葉に鴻上先生が浅く息を吐きだして返事した。

「それは俺の失態だ。素直に認めよう」

　身体をよろめかせた鴻上先生を真田先生が支えながら私に顔を向けて言った。

「こんな状況でフォローまでやらせた僕も悪かったよ。そうはいっても外来が始まってしまうし、僕も時間がない。だからといってこのままの状態だとね。さて……どうしようか……」

　鴻上先生や真田先生の足元を、小さな狸たちがアワアワと慌てながら回っている。そんな様子を見て私は吹き出してしまう。

　細かいことを気にしていたのが馬鹿馬鹿しくなったからだ。

　そんなことは看護師を待っている患者にとっては関係ないことだ。

「まずはカルテの中でわかる範囲でフォローします。……はい、私、患者さんを診てきますね」

「ふん、その行動の速さは評価点だ」

　そうぶっきらぼうに鴻上先生に言われたので私は微笑み返した。

「私が迷って、悩んでいる間にも患者さんは待っていますから。だから、大丈夫です。もちろん、わからないことはすべて整理して、あとで鴻上先生に確認してもらいます」

その言葉に鴻上先生が目を瞠った。

私は休憩室から外に出ながら、先生たちのほうに振り返る。

「それに面接でもお話ししたように患者さんは看護師を選べません。だからこそ、私ができる限りのことをするべきだと思います。それが私の看護師としての信念ですから」

私はゆっくりと目を閉じて、それから開く。ぺこりと頭を下げた。

「とにかく鴻上先生は眠れるときがあるなら眠ってください。鴻上先生に倒れられると困りますから」

◆

緑内障の患者さんの洗髪をしながらも、過労で倒れた鴻上先生のことで頭がいっぱいだった。かなり体調が悪そうだったが大丈夫だろうか。

患者さんを寝台まで連れて行き、目やにの多さを確認する。問題なさそうだ。緑内障の患者さんだから、いつも以上に気にしないといけない。

「手術したあとって、眼帯かなにかをするもんだと思ったんだけどさ、そういうのはしないんだねえ」

「ええ。治療したあとに眩しい光は駄目なんですけど、眼帯をするわけではないんです」

「へえ、面白いねえ」

そんな些細な患者さんとの会話が、心を落ち着かせてくれる。

看護師にとって患者さんとの会話は必要不可欠だ。必要なことを話すより、雑談のほうが情報を得ることのほうが多い。

仲良くなると信頼関係も築ける。それを意識しながら話しかけている。

パソコンを乗せたワゴンを持って廊下に出る。次は笠沼さんの番だ。

笠沼さんの部屋に入ろうとした瞬間、部屋の中からすすり泣くような泣き声が聞こえてきた。

笠沼さんの声だ。そっと中を覗くと、私のことにも気づいていないのか、顔を覆って涙を流している。

だがここは逃げるのではなく声をかけるべきだ。患者とのコミュニケーションも看護師としての立派な仕事だ。

「笠沼さん」

気づいていないふうを装い、そう声をかけるとベッドにいる笠沼さんがゆっくりと顔から手を離して私の方を見る。ごまかすようにして手の甲でまぶたをこすると私を見つめてきた。

「ごめんなさい、どうしても今を受け入れられなくて……私の相棒が視えないということが、こんなにも苦しさを覚えるなんて」

「相棒ですか？」

「そうよ、私が幼い頃からずっと傍にいてくれたの。イタチの姿をしたあやかしで、身体は小さいのに、すごく優しいのよ。私が落ち込んでいるときは肩に乗ってくれて頬に頭をこすりつけてくれるの。でも私がこんなふうになってから。視えないから……触れないの。あの子もきっとこんな状況を不安に思っているでしょうに」

そうして再び笠沼さんはまぶたを震わせてうつむいた。

「ねえ、看護師さん。あなたもあやかしが視えるのかしら」

その問いに私はうまく答えられずに曖昧な笑みを浮かべた。

◆

鴻上眼科は特殊な環境であり、人を雇っても適性がなければすぐに鴻上先生が辞めさせたり、また真田先生の面接の時点で落としたり、二人が認めていたとしても霊的な存在を認めることができずに辞めてしまったり、とにかく人がいつかないらしい。薬剤師である草加さんの使役する狸のあやかしに看護師をやらせているらしいが、それも結局、日勤、準夜勤務、深夜勤務と連続で働かせているうちに徐々に疲労が積み重なり、ぱたぱた倒れる狸が増えて、それをフォローする鴻上先生や真田先生の業務負担も増えてきて、もはやどうしようもない状況だったようだ。

当然、ある程度事情を知っている人間を雇ってはいるものの、それだけでは足らず、事情を知らない人間に外来を担当させてもいるものの、手は回らない。

面接があっさり通ったのも、そんな状況だからこそ、とにかく雇って確かめてみよう精神だったらしい。

私は再びパソコン内の笠沼さんのカルテを確認する。

笠沼さんは一ヶ月前から急にあやかしが視えなくなったらしい。その前兆として急に片目が見えなくなったようだ。それ自体は数分で回復したらしいが、そのあとから、あやかしが一切視えなくなったらしい。彼女は占い師をやっているが、そのあやかしを視る能力で稼いでいたため、占いもできなくなり、さらに相棒であるイタチのあやかしも視えなくなったため、相棒のことも心配で、この病院に駆け込んできたとのことだ。

――なぜ、あやかしが視えなくなったのか、わからない。

その原因を鴻上先生は探している。

数分間、目が見えなくなったのは網膜の一過性虚血発作を起こしたからのようだ。

しかし、それがなぜ、あやかしが視えないことに繋がるのか。

「通常、網膜の一過性虚血発作の症状は一時的だ」

詰め所で私の書いたカルテを覗きながら、そうテーブルに片手をつくような姿勢で鴻上先生は言った。眠たそうにはしているが、体調に問題なさそうだ。

「実際に、一時的に視力を失ったがすぐに回復している」

「カルテにもそう書いてありますね」

そう私が言うと鴻上先生は重くうなずいた。

「だが、あやかしを視ることはできなくなっている。……視力は元に戻っているというのに、だ」

「実際の視力と、あやかしを視る視力には、どのような違いが?」

「良い質問だ」

そう応えた先生は私からマウスを取ると、優雅に操作してクリックした。カルテから画像が出てくる。それはＣＴ検査の画像のように見えたが、普通のＣＴ画像と違うように見えた。血管の数が異様に多いように感じるのだ。

眼疾患を調べるのにＣＴ検査を用いることはあるし、その画像も見たことはあるが、そういったものとは違い、どこか違和感がある。次に出されたのは超音波検査の二次元画像だが、これも今までの病院では見たことのないものであった。

「これは……」

そう私が困ったように問いかけると先生は淡々とした口調で答えた。

「……別に血管があるんだ。その説明は俺からじゃなく……」

そうして、後ろを振り向いた。

私も同じように視線を向けると、そこには一人の青年がいた。年齢は私と同じくらいだろうか。快活そうな雰囲気に、ぱっちりとした双眸、整っている顔立ちではないけれど愛嬌が先にくる清潔感あふれる好印象だ。

「そこで僕の出番だ」

そう彼は得意げに笑って言葉を続けた。

「どうも初めまして、三木志摩と申します。この病院の検査技師やっています」

「……月野と申します。宜しくお願いいたします」

彼の挨拶も爽やかだ。口内に垣間見える白い歯が輝いている。

彼は鴻上先生からマウスを借りると代わりにクリックする。そうして先程の二次元画像の一部をズームした。

「あやかしを視るには霊力が必要で、この霊力を通すための、眼に視えない血管が存在する。僕らはこれを霊管《れいかん》と呼んでいる。こちらのCT画像も、超音波検査の二次元画像も、普通の機器ではなく、それ専用のものを使っているんだ」

そこで三木志摩は肩を落としながらため息をつく。

「彼女には一つの疑い……というよりは、ほぼ確信されている病があって……それを確定させるには、彼女には霊管まで確認することのできるＭＲＩを受けてほしいんだけど……一つだけ問題があってね」

「問題、ですか？」

「そう、ほんっとうに問題が……まあ、彼女に会ってみて検査の話をしてみればわかるよ」

疲れたように眉間をほぐしながら、三木志摩さんは私から身体を離していく。

鴻上先生私の座っている椅子の背を軽く叩きながら言った。

「何の疑いがあるのか、そこはカルテにも記載している。ただ、霊力に関わる部分は読んでもわからないと思うが」

「アクリアと聞き慣れないものも、そういう関連の薬剤なのですか？」

私の問いに鴻上先生は返答する。

「そうだ。彼女の身体には霊力の乱れが生じている。それを鎮静させるための薬だ。この辺りは俺でも説明できるが、病院付きの薬剤師である草加に聞いたほうがわかりやすく説明してくれるだろうよ」

鴻上先生の言葉に三木志摩さんはうなずいた。

「霊力の乱れという症状があるのはたしかだから、さらに検査をしたいんだけどね……。本人の同意が必要だから、こればかりは仕方ない」

そう困り果てたように言う三木志摩先生に私は問いかける。

「どうして笠沼さんは検査を拒むんですか？」

「それは……」

そう言葉を濁らせて三木志摩さんと鴻上先生は顔を見合わせたのだった。

◆

「絶対にいやです！」

笠沼さんの拒絶は激しかった。

身体を硬直させて首を激しく振る。

私が何か口にする前に笠沼さんは激しい剣幕で叫んだ。

「たとえ検査をしたほうがいいとわかっていても嫌です！」

彼女の首にかかったネックレスがきらりと揺れた。

「絶対に、絶対にいやです！　他の検査は了承したじゃありませんか、どうしてそれじゃあ駄目なんですか！　全然意味がわかりません！」

笠沼さんは子どものように駄々をこねている。

「どうして駄目なんですか？」

そう私が問いかけると笠沼さんは険しい顔を向けてきた。

「どうしてそんなことを、あなたに話さなきゃいけないのよ！　馬鹿じゃないの！」

この様子はおかしい。初対面のときなどは、穏やかな口調だったのに、急にこのような乱暴な口調になるとは。何か理由があるに違いない。

そうはいっても大きな悪意や敵意をぶつけられて、私は身がすくんだ。

そうだ、この感情には覚えがある。私は人から、こういう激しい感情をぶつけられることが多い。

笠沼さんとの距離を遠く感じる。距離どころか壁があるのだ。

どうしたら、笠沼さんと心の距離を縮めることができるのだろうか。


詰め所に戻り、パソコンのカルテを再度確認していると気配を感じた。振り向くと、そこには三木志摩さんがいた。手招きしていたのであとを追う。休憩室まで向かおうとしているようだ。

「笠沼さんの様子を見てきた?」

「はい。やはり、MRI検査を嫌がっていました」

「そうかあ、やっぱりかぁ。君でも駄目かぁ。子狸たちでも駄目だから人間相手のコミュニケーションなら、うまくいくと思ったんだけど……あのまま強硬な態度を取られると……こちらとしても検査を無理強いはできないからね」

そこで三木志摩さんは私と一緒に休憩室に入るとため息をついた。

「もちろん看護師だけの責任じゃないよ。インフォームドコンセントで笠沼さんを説得できなかった鴻上先生や僕たちにも責任がある……」

インフォームドコンセントとは、医師と患者との十分な情報を得た上での合意のことだ。

休憩室に着くと、私は三木志摩さんと向かい合う形でソファーに座りながら、疲労で倒れた鴻上先生を思い出す。あれだけ身体を酷使している状態で、さらに患者にもコミュニケーション上、配慮するのは難しかったのだろう。

だが、そうはいっても患者を第一に考えなければいけない。私は表情を曇らせる。

「でも、このままじゃ……」

「うん、そうだね。なんとかしないといけないんだけど。それに彼女には別の病気もあるから……。それだと、ここで治療できない。別の病院に移ってもらう必要があるんだけど、それも彼女はうんと言わなくてね。視力の問題が解決するまではどうしても嫌だそうだ」

「ああ、糖尿病の……」

そう、彼女の血液検査で、発覚したことだ。

笠沼さんは軽度の糖尿病にかかっている。

「でも、それだったら、ただ笠沼さんはあやかしが視えないだけですので、ここを一時的に退院すればいいのに、なぜそれほど抵抗するのでしょうか。こちらは通院にして糖尿病の検査も平行することもできますよね。別に長期入院の必要もないのでは……」

そう私が言うと三木志摩さんは難しい顔をした。

「……おそらく、なんだけど、たぶん彼女はあやかし関連の仕事について、思っていた以上に深く関わっていたんじゃないかな。本人は占い師とは言っていたけど」

「それがどうして、長期入院に関係するんですか？」

私の問いに三木志摩さんは眉根を寄せて答えた。

「あやかしが視えるということは基本的には、霊力を身に備えているということなんだよ。霊力があれば、あやかしを視るだけではなく、物理的に接触することもできる。だけど、それは、あやかし側の存在にとっても、そうなんだ。霊力のある人間に干渉することができる。……笠沼さんが普通に生きていれば、それでも気にしなくていいんだけど、もし、何かしらあやかしと因縁があった場合、あやかしがまったく視えずに干渉できない笠沼さんは、かなり無防備な状態なんだ」

「一方的に、あやかしに襲われる可能性があるということなんですかね」

「そう。だから、危険な目にあわないように入院をすすめることはよくあることなんだ。霊的保護されていて、危険なあやかしが絶対に侵入してこない、この病院で入院することが身の安全につながるんだよ。……もしかして笠沼さんは、それを理解しているからこそ、少なくとも、あやかしが視えない原因が判明するまでは、ここに入院したいと考えているのかもしれないね。原因さえわかれば、あやかしが視えない状態が長く続くとしても、取れる対処が出てくるからね。……とはいえ……」

三木志摩さんが顔を曇らせて口を濁らせるのは、結局、患者さんの意思が大事だからだ。

「間違いなく検査すれば原因がわかると思うんだけどね」

そこまで言った三木志摩さんはテレビを見るような様子を見せながらも、ちらちらと私のほうを見つめてくる。

どうしたのだろうか。何か言いたそうな表情だ。

「……」

なんてことのないような素振りをしているが、どうにも私に声をかけてほしいように見える。

もしかすると笠沼さんのことで言いたいことがあるのかもしれない。

とはいえ、笠沼さんについてはほとんど電子カルテに書かれている。

そこに書いてあることを十分に理解しているわけではないので、補足で伝えたいことがあるのかもしれない。

「まだ何かあるんですか？」

そう私が近づいて問いかけると、三木志摩さんはそわそわしながらも勢いよく私のほうに首を向けた。

「あれを……見なかったかな？」

「あれですか？」

あれとはなんだろうか。首をひねっていると、三木志摩さんの身体がそわそわしはじめた。

「……ほら、あの……ちっこいの」

「ちっこいの、とは？」

「イタチ……ほら、笠沼さんの周囲にいるだろ？　見なかったかい？」

そこまで三木志摩さんに言われて、ようやく彼の主張したいことが理解できた。

「ああ、笠沼さんの傍にいるといわれる、あやかしのことですね」

そう答えると三木志摩さんはゆっくりと立ち上がって懸念そうな顔をした。だが、すぐに表情を切り替えると素早くうなずく。

「そうそう、それだよ！　見なかったかい？　ずっと笠沼さんの傍から離れず、しがみついているから、すぐにわかると思うんだけど。あの毛並み、あの毛先の細やかさ、あの筋肉のしなりに、ひょろひょろと自由に動き回る首、きゅっと締まった顔、ぴくぴくと震える耳に、まんまるおめめ……見ていて、ずっと飽きない……。ああ、もっと近くで見ていたいけど怖がらせたいわけでもない、そしてその子に嫌な感情を与えたいわけではないんだ。だけど、その子が今、何をしているのか知りたい！　最近は、その子のことばかり考えているんだ」

早口だ！

唾を飛ばしながら、頬を紅潮させて興奮した三木志摩さんの勢いに押された私は微笑むしかなかった。

　ぜえはあと肩で息をしていた三木志摩さんは呼吸を落ち着かせると、潤みを帯びた双眸で私のほうを見てくる。

「……それで、どうだったんだ、その子の様子は。実はその子、ちょっと遠くで見たんだけど、すごい飼い主のことを心配してて……、なんだろう、おそらく長い間心配しすぎて夜もあまり寝れていないみたいで……ちょっと毛並みが悪くなっている気がするのも気になるんだよね。……だから、とにかく心配なんだよ！」

「ええと……あの、私は……あやかしを見ることはできません」

「君が？」

　三木志摩さんが不思議そうな顔をした。なぜ、そんな顔をするのだろうか。

　もしかして、あやかしを見ることができないのに、なぜここで働いているのだろうか。そういう気持ちを持ったからこその表情なのだろうか。

　だんだん不安になってきた。

「はい、ですから、あやかしを視えないのでイタチさんの様子もわかりません」

「そう……。それなら仕方ないね。申し訳なかったよ」

　どこか沈んだ表情をした三木志摩さんのことが気になっていると、扉が勢いよく開いた。

「おい！」

鴻上先生だ。慌てた様子で三木志摩さんの腕を掴むと、そのまま休憩室の外まで引きずり出す。

「なんだったんだろう……」

呆然としたまま私は、その二人を見送ったのだった。

◆

その晩、深夜勤務であった私は病室を見て回っていた。

胸が動いていたり、寝息を立てていたりすると様子がわかりやすいのだが、笠沼さんの様子はどうだろうか。起こさないように忍び足で笠沼さんの病室に入りかけたが、そこで笠沼さんから声が聞こえてきた。

「うう、お母さん、許して……お母さん、ごめんなさい」

自分の寝言で起きてしまったのだろう。私は慌てて入るのをやめた。少しだけ開いた扉の奥からすすり泣いている笠沼さんの嗚咽が漏れてくる。

「私が悪いの……才能がないから……だからこんなことになったの？　……お母さんの言うことを聞けばよかったの？　ダメな私だからこんなことになったの？　心配してくれる占い師の友達の言葉にもイライラしちゃう……自分でもどうしようもできないよ」

笠沼さんは喉を震わせて苦痛に満ちた声を出す。

「もう嫌だよ、誰か助けて。……どうして私はここまでダメな人間なの？　だからこんなことになったの？　どこにいるの？　どうして視えないの？」

笠沼さんの言葉は自分に向けられたもののように聞こえた。

「お母さんから譲ってもらったあやかしなのに。……お母さんの言う通り、私がこの道に行くのは間違っていたの？」

この道というのは笠沼さんの職業の占い師についてだろうか。

「誰か教えてよう……お願い、誰か、誰かぁ……」

その叫びに私は答えることができなかった。

◆

イタチの話を聞かされて私は三重さんのことを思い出した。草加さんたちの許可をとって、人間に視えるようにしてくれた子狸を連れて三重さんの様子を見に行くことにした。

今は外来から病棟担当になってはいるが、自分がその日の担当でなければ、なかなか三重さんと会話はできない。

「わあ、また可愛いあやかしの子狸ちゃんを連れてきてくれたのね」

「はい」

病室に入って子狸を見るなり、寝台に横になった三重さんは破顔した。

「この病院はすごいわね。妙なものを視る回数が減ったわ。それだけで気持ちが楽になれるわ」

「よかったです」

子狸を差し出すと三重さんはそれを受け取り、ぎゅっと抱きしめて子狸の頭を優しく撫でた。

「……いつまで入院すればいいのかとか仕事のこととか、心配なことはたくさんあるけど、この子を見ているだけで気持ちが和らぐわ。いつも連れてきてくれて、ありがとうね」

三重さんは少しだけ子狸をじっと見つめながら沈黙する。

何か言いたげな空気を感じ取り、私は三重さんの様子を窺った。

「ねえ、このまま私は……」

どこか真剣そうな眼差しのまま三重さんは私に顔を向けた。

すぐに寂しそうな笑みを見せる。

「ううん、なんでもないわ。また連れてきてちょうだいね」

私は子狸を連れて病室を出る。

三重さんの様子がおかしかった。

もっときちんと話を聞いてあげたほうが良かったのかもしれない。

抱きかかえられている子狸が首を上向けて私に問いかけてくる。

「ねえ、僕はいつまで、こんなお見舞いに付き合わなければいけないいんでぷ？」

「もう少しだけ我慢してください」

「あ、まだ僕自身は解放されないんでぷね」

「もうちょっと頑張ってくれますかね、子狸ちゃん」

「でぷぷう。仕方ないでぷ！　あの患者がだんだん元気になるのはわかるから、いいでぷけど！　今度お菓子をこっそり僕に恵んでほしいでぷね！」

子狸は不満そうに頬を膨らませた。

もう少し子狸と触れ合わせることで三重さんにあやかしのことを理解させることができるかもしれない。でも、その先はどうなるのだろうか。

彼女の症状は安定しているだけで、原因は不明だ。

得体の知れない悪寒に私は震え上がるばかりだった。

◆

笠沼さんの担当になってから数日が過ぎた。

いつも笠沼さんのもとには見舞いがひっきりなしに訪れていたが、そのほとんどが占い師の客のようだった。しかし今日の見舞いは様子が違ったようだ。

笠沼さんの病室から彼女の叫び声が聞こえてきたのだ。

「いい加減にしてよ！　口を挟まないでよ！　私の勝手じゃない！」

その叫び声に混じって聞こえてくるのは見舞いに来た人の声だ。

「そうじゃないって、私が言いたいのは……もういい加減にやめたほうが……」

笠沼さんは興奮している。なだめる見舞い人の声も届かないようだ。

「そうやって私を甘やかさないでよ！　私はこんな状況になったこと、まだどうしていいかわからないのに！　私を甘やかしてそれで解決するの？　私の眼は視えるようになるわけ？」

「そういうつもりじゃないって……」

「もしここでやめたら私の生活はどうなるのよ！　あなたが保証してくれるの！」

「いや、だから……」

「無責任なのよ！　あなたの言葉は！」

「そういうつもりじゃ……」

「そりゃ、あなたはいいわよねえ。だって何も失っていないんだから、好きなように言えるでしょうねえ！　どこかに行ってよ！　私のことを何も知らないくせに、知ったふりして口を出さないでよ！　そうしたほうがいいって決めつけないでよ！　私のこと、何もわからないくせに勝手なことばかり言わないでよ！　気持ちが悪いのよ！

やめてよ、いい加減にしてよ！」

もうこれ以上は聞いていられない。

私は病室に入ることにした。わざとらしく大声を出す。

「申し訳ありません、血液検査の時間です」

そうして申し訳なさそうに病室にいる笠沼さんとその見舞い人の様子を窺う。

「……あ」

見舞い人はそそくさと病室から出ていく。

「うう……」

笠沼さんの顔は真っ赤だ。話を聞かれてしまったことを恥じているように見える。

かなり追い詰められているのだ。

ここはあえて何も聞いていないふりをしたほうがいいだろう。そのまま私は血液検査の準備を進めたのだった。

◆

そろそろ仕事にも慣れてきた頃、笠沼さんの病室にスーツ姿の小綺麗な格好の男性が、荒々しく入っていくのが見えた。

今度も見舞いの人だろうか。

声をかけようとした私の存在にすら気づかなかったようで、そのまま病室に入っていく。

占い師の笠沼さんにしては珍しい人だ。もちろんスーツを着ている人も来るが、今日来ている人は、どこかよそよそしさを感じさせるというか、怒りの感情が込められているように見えた。

戸惑いながらも部屋の外で様子を窺うと、言い争う声が聞こえた。

「入院しているとは聞かなかった。時期をずらした夏休みだと聞いていたのに……これはどういうことだ！」

「それは……」

「おかしいと思っていた。いつも素直に承諾する君なのに……。障害が発生しているんだ、緊急だから早く仕事に戻ってほしい。いつなら会社に戻れる？」

「そ、それは……それは……！」

「はっきりしたことを言え！　いい加減にしろ、君のせいで会社にどれだけ迷惑をかけると思っていたんだ」

「そういうつもりは……」

「なぜ嘘をついた！　お前が嘘をついたから、こんなことになっているんだ。お前のせいで会社がむちゃくちゃだ。あのシステムを知っているのは、君だけなんだぞ。それがわからないわけではあるまい！」

「だから……」

「あまりに無責任がすぎる。君は自分の仕事をなんだと思っているんだ」

「……」

「ここにパソコンがある。時間を見つけて仕事をするんだ。できない、とは絶対に言わせない。必ずやるんだ。やりきるんだ、わかったな」

「それは……」

「できないじゃない、やるんだ！　できないなんて言葉は聞きたくない！　この期に及んで、これ以上会社と私に迷惑をかける気か！」

「申し訳ありません」

たまらず私は部屋に入った。

スーツ姿の男は、はっと表情をかえると、急ににこりとした。軽く会釈をすると病室を出ていく。

「笠沼さん、大丈夫ですか」

私は寝台に近づき声をかけたが、笠沼さんは上の空だ。

「はい……」

そう笠沼さんは弱々しく応えたが、机の上に置いてあるパソコンを凝視している。

その後、床の上に無造作に置かれている大きな鞄に眼をやった。

笠沼さんの職業は占い師のはずだ。

だが、今の会話は占い師のようには思えなかった。

――笠沼さんには大きな秘密がある。

「あの、笠沼さんの職業は占い師ではないんですか」

そう問いかけたとき、はじめて笠沼さんの双眸に光が宿った。

「私は占い師です」

笠沼さんはきっぱりとした口調で言い切ったのだった。

◆

今までだって患者に嘘をつかれたことはある。だから、それ自体はショックを受けることではない。

だが、患者さんのカルテには基礎情報と呼ばれる項目がある。ここに何を記載するかはとても重要だ。嘘を書くといろんなところに影響が出るのだ。

患者さんの様子を知り、診ていくのに、病気のことだけ知っていればいいわけではない。きちんと事実をタイムリーに書くことが大事だ。先生も、そのとき、そのときの記事を見て診察して薬剤を変えることがあるからだ。

次の看護師が申し送りのための記事を見たときに、どう伝わるか、そこが大事だ。

たとえ、他の看護師が小さな狸だとしても、それでもチームで看護しているのだ。

みんなが同じ情報を得て、同じような看護ができるように記事を書かなければいけない。「あの看護師さんに言ったのに」「何度も同じことを聞かれる」「あの看護師さんはこういうことをしてくれたのに、この看護師さんはしてくれない」、そういうことがないようにしなければいけない。

看護師というと技術的なことが先にくるが、実際に大事なのは情報伝達能力であり、患者さんとのコミュニケーションだ。

だらだら全ては言わずに、端的に。大事なことは漏れることなく。常に持ち歩いているメモやバインダーを見ながら申し送りする。

そうして得られた正確な情報を鴻上先生が見てリアルタイムに指示を送ることで、より細やかなケアが可能となるのだ。

「あの患者は、おそらく嘘をついている可能性がありますね」

申し送りをしているときに私の入力した基礎情報を見ながら、看護師長がそうゆっくり言った。

「他の情報も信用できないということでしょうか」

そう私が後ろにいる看護師長に言うと彼女は浮かない顔をした。

「嘘つきの患者さんだから可能性は……。これなら、さらなる検査を拒むのも……ちゃんとした検査をすることで嘘がばれるかもしれないから……嫌がるのかも……」

もしかすると、あやかしが視えないというのも嘘なのだろうか。だが、そこまで患者を疑いたくない。

だが、もともと、あやかしで混乱していた頭に届いた新しい情報に、私は戸惑いを隠せない。心が揺れ動いてしまう。

そんな私を心配そうに見ていた看護師長に気づいて、私は慌てて笑みを浮かべた。

◆

翌日、勤務終了後に、鴻上先生に空いている部屋に呼ばれてしまった。

昨日の出来事で心が揺らいだことを見透かされてしまったのだろうか。

不安で胸がいっぱいになっている私に、鴻上先生は座れ、と椅子のほうに促した。

「……あの、笠沼さんの件でしょうか」

そう戸惑いながら言うと鴻上先生はうなずいた。

「笠沼さんはいくつか嘘をついているのでしょうか」

「まあ、そうだろうな。とはいえ、凝り固まった嘘や間違いを訂正させるのは難しいんだ。どれだけ言葉を尽くしても、本人にその気がないなら、何を言っても無駄だ。つまり本人の中では嘘が真実だと勘違いしている可能性もある」

「……でも、それは嘘なのに……！」

「そうだな、嘘だな。我々から見れば、でも仕方ない。本人のそれが嘘だとしても、それを認めなければ本人からも、我々からも真実だからな」

「笠沼さんの職業は占い師ではないのでしょうか。……症状も嘘だから、検査を拒んでいるのでしょうか。そんな不安に揺れる私は……看護師の資質がないのでしょうか？」

鴻上先生は私の迷いを聞いて小さく笑った。だが嫌な笑みではない。鴻上先生は立ち上がると棚に近づき、一冊のバインダーを取り出してそこから取り出した手紙を机の上に広げた。

「見てくれ、これを。俺の患者たちから、俺へと宛てた手紙だ」

――先生、病気を治してくれてありがと。

――先生のおかげでこうしてあやかしと仲良くできます。

――先生に会えたからこそ今があります。

「これは……」

私は小さく呻いた。

「すごいだろう。これはすべて俺の成果だ。……俺の歩んできた道だ」

鴻上先生は私を見て笑った。

「はっきり口にするぞ。今、お前の悩んでいることなど、どうでもいい。結果こそがすべてだ。過程など気にしてどうする。だが精神論を口にしても理解しにくいだろう……。そうだな、技術的なことは、練習することでカバーできる。だけどコミュニケーション能力はそうじゃない。お前はそこが普通だから、俺よりも、お前は普通に人と接する。俺たちはあやかしに触れすぎていて、普通じゃない。でもお前は慣れていないからこそ普通だ。俺はそんな普通のお前と一緒に働きたいと思うし、その普通の感覚こそがお前の武器となる。ならば、その武器を空に掲げて、戦え、そして成果を出せ！」

鴻上先生は机の上の手紙をそそくさと回収してバインダーを閉めた。

「もう一つ真面目なことを口にすると、人が好きというのが根本的にないと、この仕事は駄目だ。人が好きだから、助けたい。力になりたい、どうにかしたい、というのが看護に繋がるのだと思う。そんな気持ちを俺はお前から感じるからこそ、お前はそこをもっと、もっと前に出して時間を使ってほしいと思う。くだらんことで悩んで頭を使うより百倍ましだ」

そんな鴻上先生の言葉を聞いて心が温かくなる。

私は今まで看護師として働いてきたことを思い出す。

たしかに夜も眠れない、汚い、危険、きついといわれる仕事だ。給料もそんなに良くない。今は3Kではなく9Kと呼ばれるほどだ。きつい、汚い、危険、休暇が取れない、規則が厳しい、化粧が乗らない、薬に頼って生きている、婚期が遅い、給料が安い。

いろいろ言われる。だけど、それでも働いているのは、自分を必要としている病院が、患者がいると信じているからだ。そのために働きたい。

　鴻上先生は言葉を続けた。

「お前の理想の看護師とやらを目指せ。……患者に違いはない。俺たちに患者は選べない、そして患者もまた、看護師を選べない。患者から医師はわりと選べるがな。……とにかく、だからこそ俺たちは打てる手を打てる人間になりたい」

「あの……私は……」

　もう自分で立ち上がるだけの気持ちはある。

　深々と頭を下げて「ありがとうございます」と鴻上先生に言った。

「まだなにか言いたそうだな」

　鴻上先生は不敵な笑みを浮かべて私に話しかけた。

「……迷いがあるのか？　俺たちのすべきことは簡単だ。その嘘すら暴く。その嘘が嘘だとわからない以上は、患者の病であり、事実だ。まだ答えは出ていない。それならば、俺たちのやるべきことは、患者の症状をもとに治療するだけだ。患者を信じる、信じないのレベルではない」

　一呼吸おいたのちに鴻上先生は気持ちを吐き出すかのように言葉を紡いだ。

「俺には、お前が必要だ」

　ごまかすように言葉を付け足す。

「真田もそう言うと思うぞ。三木志摩も草加も、子狸もな。この病院はお前が来てくれて本当に助かっているのだから……もちろん、それだけじゃないが」

「それだけじゃない？」

「いや、なんでもない。とにかくお前は患者の傍に寄り添ってくれれば、それでいいんだ」

――ああ、だから。

迷いは晴れた。頑張る、頑張らないの話ではない。私の悩んでいたことなど、どうでもいいことだと、そう鴻上先生は言ってくれたのだ。

「それで他に言いたいことはないのか？」

「ないです、大丈夫です」

私は頬を緩めて言うと、鴻上先生は恥ずかしそうに言った。

「今こうして告白した手紙に関することは俺の自慢話にすぎない。そう難しく捉えるものでもないがな」

「……先生、自慢話なのに、こんなに心が温かくなったのは初めてで……本当に……ありがとうございます」

そう噛みしめるように言うと鴻上先生は小さく鼻で笑った。

◆

鴻上は休憩室に入り、周囲に誰もいないことを確認したのちに電話をかけた。病院のPHSではなく、私用の電話だ。そうして出てきた相手——真田に愚痴を言う。

「徐々に悪化している。呪いによって不安定になっている精神を支えるにも限界がある。そもそもこういうケアは俺には不向きだ」

「そうだね、今のまま、呪いとはなにかわからないくらいの自覚でいてくれたほうがちょうどいい」

その低い声は、今まで周りに見せていたものとは正反対ともいえる、態度と声音だった。

「いや、君が適任だろう。……僕だとどうしても当たり障りのないことしか言えないからね」

鴻上は真田の言葉に荒々しく言い返す。

「そうはいってもだな……」

それを真田が冷静に返す。

「いつもの自信はどうしたのかな。あまり僕に面倒ごとをさせるんじゃないよ」

「それはそうだが……」

「笠沼さんの件は彼女には荷が重すぎるんじゃないかな。正直な話、僕はそう思うよ。このまま患者を放置するよりはよそからヘルプを呼ぶ規模の大きいカンファレンスを開いたほうがいい。日々の小さなカンファレンスではなくてね。……もちろん、患者や家族を参加させずにね。患者の言葉は信用できないからね」

真田の言葉に鴻上は鼻を鳴らす。

カンファレンスとは話し合いだ。多数のスタッフを集めていろんな人の意見を聞くためのものだ。医者や薬剤師、栄養士、社会福祉士、ソーシャルワーカーなどを多職種から意見を求めるのだ。ときには、そこに家族や患者も参加して、治療に伴う問題の解決策を考えるのだ。

「いや、そこまでしなくても大丈夫だろ。あいつに任せていい」

即答した鴻上に真田は薄く笑って応じる。

「ふぅん」

「俺はお前よりは、あいつのことを買っているからな」

「知っているよ。だからこそ反対意見をこうして僕が口にしているんだよ」

少しだけ沈黙して真田は口にした。

「念のため確認するんだけどね、彼女には呪いの本質については言っていないんだよね」

「言ってないぞ。そこは俺としても慎重に動いているつもりだ。無関係なら無責任に巻き込むわけにもいかないからな」

「そうかい、今は君の言葉を信じるよ。そのまま僕の言葉に従ってほしいね。今はそのタイミングじゃない、ことが大きくなってしまった場合、君は責任を取れないだろう」

「……」

顔を背ける鴻上を見て真田は満足そうに微笑んだ。

「……ああ、あと、そうだね」

真田はソファに座るとテレビをつける。テレビではちょうど詐欺の実行犯が逮捕されたニュースが放映されていた。

真田は薄い笑みを顔に貼り付けたまま、言葉を続けた。

「彼女の深く考えないところ、流されて騙されやすいところ、僕は好きだよ」

◆

次に笠沼さんと会うとき、私の心は決まっていた。

笠沼さんの電子カルテには、もっと詳細な検査が必要だ。彼女に検査を受けてもらう必要がある。

笠沼さんに検査を受けてもらうにはどうしたらいいか。

私はずっとそのことばかり考えていた。

先輩から聞いた話だ。

患者さんと接するには、相手のことを聞く分、自分のことを話すようにしている。ときには家族のことも、自分の失敗談も。

たしかに、私は先日、鴻上先生と会話をして気持ちが落ち着いた。鴻上先生が自慢話と称して自分の話をしてくれたときに、まるで距離が縮まったような気がした。それだけ鴻上先生が自分に心を開いてくれた気がしたのだ。

　それで自分のこわばった気持ちも、あっという間に緩んだ。自分のことを話すということは、それだけコミュニケーションという場では力になる。

「笠沼さん」

　憂いを帯びた表情でテーブルの上にあるパソコンを凝視している。

　そんな笠沼さんに私は話しかけ続ける。

「検査を受けませんか？」

「受けないわ」

　即答する笠沼さんに私は問いかけた。

「どうしてですか？　理由があるのではないでしょうか。すみません、変なことを聞いて。実は私はこの病院に入ったばかりで、だから不安に思う笠沼さんの気持ちがわかるような気がするんです。恥ずかしい話……」

　驚く笠沼さんに私は言葉を続けた。

「私は人間関係に恵まれなくて……そのせいか自分の気分で同僚や患者さんにも当たる看護師を見てきましたし、そうした看護師や医師にひどく当てられて……気分が優れず集中できないからといって、優先順位を考えて行動できなかったり、医師の指示をきちんと把握できない人も……そういう人たちのフォローをするのに疲れてしまったんです。だからたくさん病院もやめてしまいました」

笠沼さんの表情から力が抜けていくのを見ながら、私は言った。

「でも、今はこの病院にご縁があってここにいます。だから、せっかく同じように縁のあった笠沼さんの気持ちを知りたいんです。すごく、ずうずうしい話だとは思いますが」

「……」

笠沼さんは、そっとうつむいた。布団の上に重ねられた手が小さく震えているようだった。

「……あなたは人間関係が嫌で病院をやめたの？　そんなに簡単にやめられるものなの？」

「はい。人間関係で疲れてしまったので、それが私の弱さです」

「私も……あなたのように……」

そこまで言って笠沼さんは口を閉じた。私は素早く問いかける。

「だから笠沼さんが検査を拒まなければいけない理由を知りたいんです」

「そうね、あなたと私は似たもの同士かも。……ばかよね、私、お医者様や看護師に対して私とは違う優秀な人間、みたいなイメージを勝手に作って壁を作って……だから……個人的な感情で信頼すらできなくて……」

そこまで話して、ぽつり、と笠沼さんは話し始める。

「……ＭＲＩは金属を身体から離さなきゃいけないでしょう」

そう言って笠沼さんは首元からネックレスを取り出す。

その先には鍵がついていた。

「この鍵は大事なものなの。なくすわけにはいかないの」

「どうして大事なんですか？」

「あそこの鞄の鍵なのよ。私はよく鍵をなくして……これが最後の一本なのよ。……あの鞄の中身は大事なものだから、開けられないのは困るしそれに……」

そこで笠沼さんは重たい息を吐き出した。

「でも私は……あの鞄を開けたくないの……」

「それには理由が……？」

「馬鹿でしょ、こんなどうでもいい理由で検査を受けたくないなんて。そんなふうに言われるのはわかっている。下手に話せば馬鹿げたことだと責められるのも。だから誰にも話すことができなかったの。こんなどうでもいい理由で受けないなんて、どうしようもない人間だって思われるのが怖くて……！　普通、そんな理由で検査を嫌がるわけがないって……！　そう思われるのがわかっていたから……！」

笠沼さんは深くうつむいた。私は慌てて手を横に振ってフォローする。

「どうしようもない人間なんかじゃないです。誰だって大切なものはあります。それは他人のものさしで決めるようなものじゃありません」

笠沼さんの視線は鞄とパソコンを交互に見ている。彼女にとって、あのパソコンと鞄は何を意味するのだろうか。

笠沼さんは息を大きく吸い込むと、迷うように答えた。

「……この鍵を……手放してしまうと……私の心がどうにかなってしまいそうな気がするの……。こんなものにこだわるのはおかしいと、そうわかっているのだけれど……でも、どうしても！」

笠沼さんは、あやかしが視えなくなっている。そして相棒であるイタチのあやかしも視えない。そのことで心に大きな負担がかかっているのは知っている。

理由はわからないが、それが笠沼さんの心の拠り所になっているのなら無理に手放したら、さらに心に負担がかかってしまうだろう。だが理由があったとしても笠沼さんには検査をしてほしい。少し考えてから私は提案した。

「検査を受けている間、私が鍵を預かります。笠沼さん、検査が終われば、必ずあなたに鍵を返します。だから検査を受けませんか。それに……イタチの子があなたのことを心配しています。夜も寝られないみたいなんです……だから、その子のためにも、ちゃんとあやかしを視られるように頑張って治しませんか？」

三木志摩さんの言っていた言葉だ。それを思い出して笠沼さんに語りかける。

それを聞いた笠沼さんは、ぽろりと一つ涙を零した。

「……本当に、預かってくれますか？　ちゃんと返してくれますか？」

「ええ」

私は力強くうなずいたのだった。

◆

笠沼さんの検査を案内したのちに、詰め所に戻ろうとしたところ、廊下で鴻上先生に会った。詰め所の傍で出くわしたところを見るに、私を待っていたようだ。

「あの患者に検査をさせることに成功したようだな。俺たちでは、ずっと失敗していたからな。うまくいってなにより」

「はい。ちゃんと話し合えました」

鴻上先生のおかげです。その言葉は恥ずかしくて言えなかった。

実際に色々迷うことがあったけれど、いろんな人に助けられたけれど最後のひと押しをしてくれたのは鴻上先生だ。

「……ふん」

鴻上先生は私の手に持った鍵に興味を持ったようだ。

「その鍵は……ああ、あの患者がいつも持っている鞄の鍵か」

「ご存知なのですね。笠沼さんにとって大事な鍵のようです。だから私の検査が終わるまで預かって……」

「開けてこい。そこに秘密が隠されている」

　その言葉に私は身体をこわばらせた。一瞬、何を言われているのかさっぱりわからなかった。私は聞き返す。

「……は？　い、いえいえ、患者さんの私物ですよ」

「だが、患者の病を治す手がかりとなる」

「い、いえいえいえいえ、だ、駄目なものは駄目ですって！」

「俺の言葉に間違いはない、俺を信じろ」

「い、いえいえ……それは……」

「患者が嘘をついているかついていないか、それを確認しなければいけない」

「鞄を開けたからって、それがわかるわけでは……」

「だが、このままでは膠着状態だ。少し見るだけで構わない。いい加減、あの患者も、あの患者の傍にいるあやかしも限界だ」

「いえ、それは……」

「俺も勝手にこういうことを言っているわけではない。……実は、あの鞄の中に何があるのか、それを知ってほしいと、あの患者の傍にいるあやかしは、俺たちに望んでいるんだ」

「そう……なんですか」

　鴻上先生の言葉は本当なのだろうか。

真偽を確かめる術はない。

——でも。

三木志摩さんは言っていた。笠沼さんの傍にいるあやかしは、ずっと彼女のことを心配していると。なら鞄のこともそうなのかもしれない。

私にできることがあるならするべきだ。

それにすでに笠沼さんには嘘をついている。

看護師は女優であるという、もと先輩の教えを思い出す。

鴻上先生が言葉に力を込めて言った。

「すべての責任は俺が取る。だから逃げるな。やり遂げろ」

「わかりました。それが一つのきっかけになるのなら」

たとえ患者さんに対して言えない行為をするのだとしても。

私は心の中で頭を抱えながらも決意したのだった。


結局、私は笠沼さんの病室にいた。笠沼さんから預かった鍵を持って、あの大きな鞄を開ける。

震える手で戸惑う心を持て余しながら、ゆっくりとチャックを開けていく。

「これは……」

その中には大量の栄養ドリンクとチョコレート菓子が詰まっていた。栄養ドリンクは眠たいときに使うときのもののようだ。チョコレート菓子もカカオ濃度が濃いものばかり。ありえない量に面食らった私は、その奥に隠されるようにして、四角いプラスチックケースに入った数十枚の紙束を見つけた。

悪いと思いながら、その紙束を確認した。

それは名刺だった。

×××システム株式会社　システム技術部　開発チーム　副主任　笠沼　愛

やはり彼女は占い師ではなかったのだ。

悪いと思いながらも私は名刺を一枚だけ抜き取る。

だが占い師ではないとしても、それはおかしい。彼女に占ってもらった客が見舞いとして何人も来ていて、その会話も聞いている。実際に占い師としての仕事もしているはずだ。

だが同時に、こうして別の会社に勤めている名刺もある。このテーブルに置かれているパソコンは、実際に、おそらくその会社の上司が持ち込んだものだ。

「この名刺も……占い師であることも……本当？」

小さくつぶやく。

もう一度、笠沼さんと話したい。私は改めてそう思ったのだから。

◆

検査の結果、笠沼さんがあやかしを視れなくなっていた症状の原因はわかった。

鴻上先生が言うに、人間の病気でいう黒内障《こくないしょう》に関連する病らしい。眼球自体には異常が認められないのにもかかわらず、視力障害が発生することだ。網膜の一過性虚血発作のために、霊力を通す血管のようなもの――つまり霊管が細くなっており、それが強度の発作を起こしていたのだ。

三木志摩さんも鴻上先生も、そうだろうと予測はつけていたが、深い検査はできなかったため、確証を得られなかったらしい。

検査さえすれば解決した問題だった。だが、子狸たちだけでは笠沼さんの心を開くことはできなかった。

普通の視力が回復しても、根付く病が存在しているせいで、いつまでも霊管に影響を与えていたという。

その根本に根付く病、それは――

「私、病院を移ります」

そう、笑顔で病室にいる笠沼さんは告げた。

「鴻上先生が紹介状を書いてくださると。……はい、もうわがままは言いません。次は別の病気を治します」

糖尿病が原因で網膜に張り巡らされた霊管の強度の虚血発作が起きており、それであやかしを視る能力まで失われてしまったらしい。

糖尿病は現代医療では完治しないが、彼女はそれでも頑張っていくのだろう。

「……もう少し、踏み込んでいいですか」

私は寝台で身を起こしている笠沼さんに話しかける。

そうして私は笠沼さんに、先日拝借した名刺を差し出す。

それを受け取った笠沼さんは驚いたような顔をした。

「……それ、は……」

「笠沼さんは占い師ですよね。それは本当で、そして……会社でもお勤めなんですよね」

私の言葉に笠沼さんが一瞬だけ浮かない顔をした。しかしすぐに表情を変えて、少しだけ晴れやかに、快活に返答した。

「はい、兼業をしているんです」

私は鞄の中に入った栄養ドリンクやチョコレート菓子を思い返しながら、ゆっくりと言い聞かせるように話した。

「……きっと今まで少し、頑張りすぎたのでは。身体をしっかり休めてくださいね」

全ては推測だが、そうなってしまったのは生活習慣、暴飲暴食が招いたことなのではないか。

大量にあった栄養ドリンクやチョコレート菓子、封を開けられたものもあったが、あれだけのものを普段から飲食していたと思うと、身体の負担は相当なものだっただろう。

私の言葉を聞いた笠沼さんの両目から涙が溢れ出した。

「そんなふうに……優しい言葉をかけられて……素直に受け入れることができたのは初めてかもしれません」

そして笠沼さんはゆっくりと顔を上げて言った。

「くだらない独り言を……聞いてくれますか?」

私がうなずくと笠沼さんは話を続けた。

「元々私の母親も占い師をしていて、あやかしのイタチは母親から譲られたものだったんです。私は母親のようになりたかったんです、でもお母さんは……」

――金銭的に安定するまでは占い師一本で稼ごうなんて思わないことだ。

――お前には占い師の才能がない。

そんなふうに笠沼さんはお母さんに言われてしまったのだという。

笠沼さんは顔を両手で覆いながら言葉を続けた。

「そんなふうに言われ続けて私は自信がなくなってしまいました。占い師の職業自体はうまくいっていて、周囲の占い師からも、もう占い師一本でいいのではと言われていたのだけど私は母親の言葉に縛られていたから……」

手のひらの間から笠沼さんの嗚咽が漏れ出す。

「それどころか会社でも私は……両方、中途半端な私はどうしようもない人間なのでは……そんなふうに思うと自分の事情も人に知られることが恥ずかしいと……自分が情けなくて情けなくて……才能がない私でどうしようもないクズだから……だから、こうなってしまったんだって……でも、でも……！」

笠沼さんは目をうるませたあと、ぎこちなく首を縦にふる。

「会社は辞めます。身体を壊してまで続けるものでもないですから。……占い師は、子供のころからの夢で、それに傍にいてくれた、あやかしのためにも続けたいです……！　こっちの……あやかしたちと関わる業界で働き続けたい……」

そこで笠沼さんは柔らかな笑みを浮かべた。

「看護師さんに言われて気づいたんです。私はあの子に心配をかけてしまっている。だから、まずは一つ一つを治していって、あの子に心配をかけないようにしないと。そしてちゃんと視えるようになって、あの子を抱きしめたいです」

あの子とはイタチのあやかしだろう。

笠沼さんは首からぶら下がっているペンダントをつまんで私に見せた。

「これは、あの鞄の鍵だというのはお話ししましたよね。あの鞄には会社で働くため、兼業をやりきるためのものがたくさん入っていたんです。でも、あの子がしょっちゅう鞄の中のものをいじって、いたずらするから……。だから、あの鞄にあやかしが入れないように結界と鍵をかけて、こうして私が鍵を身に着けて……そうでないと仕事ができないから、でも……」

笠沼さんの眦から涙が零れそうになったが、彼女は溢れる前に、それを指でゆっくりと拭った。

「いたずらじゃなかったのね。あの子は無理をしていた私を、なんとか止めようとしていたのね。そのことに、今、ようやく気づきました」

そこで笠沼さんは、自分の肩の上を優しく撫でた。

そこにイタチのあやかしがいるのだと、視えなくてもわかるのだろう。

「あのパソコンも……会社に返さないといけませんね」

パソコンを見つめる笠沼さんの瞳は優しさに満ちあふれていた。

◆

笠沼さんは退院して、別の病院に移った。

からっぽになった病室を見て私は感慨深くなる。

その病室の窓から最初に外を眺めたとき、あやかしにまつわることを言われて不安になってしまった。本当にこの病院で働いていけるかどうか、心配になってしまったのだ。

でも今はそんな気持ちではない。

窓を開けると、雨の匂いのする風が吹き込んだ。

だが嫌な気持ちにはならない。

湿った空気に負けないよう、もう少し頑張ろうという気持ちにすらなる。

「おい、またどうでもいいことを考えていないか！　くだらないことに時間を使うのはやめろ！」

そう呼び止められた。

振り返ると、そこには鴻上先生がいた。ゆっくり私に近づいてくる。

「大丈夫です、ちゃんとポジティブシンキングです」

そう私が答えると鴻上先生は「ならいいのだがな！」と答えた。

そしてニヤリと笑う。

「どうだ、言っただろう。俺の言葉は絶対で真実だ。何も間違ったことはない。ゆえにこうしてお前は成果を出せた」

わざわざ心配になって、顔を見せに来てくれたのだろうか。

「はい、そうですね、自信を取り戻すことができました」

そう笑顔で答えると、鴻上先生が頬を少し染めて、窓の外を見た。

「そうか、ならお前に俺流の言葉を口にした甲斐があったというものだ」

うんうんとうなずいた鴻上先生は顔を少しだけ持ち上げた。

「はっきり口にして行動することこそ真理。お前の成果はお前が導き出したものだ」

そうしてぼそりとつぶやくように言う。

「月野はラーメンが好きだったと聞いている。……なかなかこの職業柄でな、外に食べに行く機会が少ない。ちょうど今の時間は少しあいているから夕食に……」

そこまで話して鴻上先生は後頭部を荒々しくかきむしると早口で言った。

「この病院の近くで、ぱぱっと食えそうなラーメン屋があるなら連れてってほしい。……なるほど、こういう誘いは口にするとなかなかに恥ずかしいものはあるが……」

「はい！　二〇分くらいで病院に戻れるかと思いますよ。すっごく美味しいんです。楽しみにしてくださいね！」

頬を緩めながら、私はそう答えたのだった。

第三章

実は今日、私の誕生日だ。

友人や家族は祝ってくれるだろうし、実際、ＳＮＳではそれらしいことを匂わせると、早速お祝いのコメントが届いていた。それだけで嬉しくなる。前の職場では、私の誕生日は当たり前だが誰も知らず、逆に私は知らない同僚や先輩を強制的に祝わなければならず、気づかなければ裏で陰口を叩かれる。

昔のことを思い出して、ぞっとしてしまった。

今日は夜勤だ。先にお気に入りのラーメン屋に寄ってラーメンを食べてきたため、お腹も幸せチャージ済みだ。今日は楽しい気分で仕事ができそうだ。ウキウキ気分で更衣室まで向かうと、そこにはいつもの看護服が置いてある棚に、白い紙と桃色の看護服が何着も置いてあった。その白い紙には私の名前と、今日からこれを着るように、と看護師長からのメモが置いてあった。

頭に疑問符を浮かべながら、その桃色の看護服を着る。色のついている看護服は珍しくはないが、こういう可愛らしい色合いの看護服はあまり見ない。

たとえば子ども相手の場合は、可愛らしい看護服だったり、診察室に漫画やアニメのキャラシールをあちこちに貼って、子どもを和ませるようにしている。

この桃色の看護服は、まるで子どもを相手にするみたいだ。

休憩室に向かい、持ってきた鞄などを置こうとするが、いつもはがらんとした部屋に鴻上先生や三木志摩さん、真田先生がいる。子狸たちもだ。

「こんばんは、皆さんお揃いで、どうしたんですか？」

そう声をかけるとソファーに足を組んで座っていた鴻上先生がゆっくりと立ち上がった。妙な圧迫感を感じ取り、私は少しだけ後ろに退いてしまう。

鴻上先生が私に向かって、小さな箱を差し出してきた。

「お前にプレゼントがある」

その言葉を聞いて私の胸が高鳴る。

もしや私の誕生日プレゼントだろうか。たしかに履歴書には私の誕生日が載っているため、鴻上先生や真田先生は知っているはずだ。

だからといって、ここまで勢揃いするのも妙な話だ。

違和感と矛盾を覚えながらも、少しばかりの期待をしてしまうのもたしかだ。

戸惑っている私を見るに見かねて、真田先生もソファーから立ち上がり、鴻上先生に近づくと肩をぽんと叩いた。

「別に怖いものでもないから、開けてみるといいよ」

そう言う真田先生に私は安堵してしまう。さすが真田先生だ。いつでも適切なタイミングで私のことを気遣ってくれる。彼がいると空気が違う。柔らかな雰囲気になるのだ。

　鴻上先生はその空気を破るような発言をする。

「はっきり口にするが妙な期待をするな。……というか、普通に考えて職場でのプレゼントだ。当たり前だが……なんだ。なぜ、そんなに興奮しているんだ？」

「こ、興奮なんてしていません」

　酷い言い方だ。私は慌てて否定する。

　真田先生がさっとフォローする。

「それはこれからの仕事に使う道具だよ。それが必要になる患者を担当してもらうんだ」

「そ、そうですよね！」

　私は口ごもりながらも返事した。

　がっかりしてしまった。表情に出ていないだろうか。しかし勝手に期待してしまった私が悪いのだ。わたわたとしながら私は箱を開けた。

　そこには黒縁の眼鏡があった。

「眼鏡……？」

　それを手にとって不思議そうに首を傾げる。

「説明しよう！」

　そこで壁に寄りかかる三木志摩さんが片手を上げて、私のほうに歩み寄ってきた。

「それはあやかしの視えない人間にも、あやかしが視えるようにするための道具だ。

すごくわかりやすい道具だろう」

「これで……視えるようになるんですか、私が……」

　誕生日プレゼントなんて、どうでもいい。そんなものを期待したことが馬鹿みたいに思える。これ以上とない、贈り物だ。

「まず、テストだ。足元にいる子狸たちは視えているね」

　三木志摩さんの言葉に私はうなずいた。

　足元の子狸たちは私を不安と好奇心がないまぜになった瞳で見つめている。うろうろ動き回っており、いつもは看護師として化けて接しているからこそ、子狸としての状態ではどう接していいのかわからないのだろう。

「それじゃ、眼鏡をかけてみてくれ」

　震える指で眼鏡をかける。一体、どういう世界が広がっているのだろうか。

　すぐ目の前に巨大な狸がいた。

「わぁぁ！」

　思わず私は後ろに飛び跳ねて、尻もちをついてしまう。

「うぷぷ、驚かせてしまったでぽん。でも、その反応をみるに問題ないぽんね、眼鏡の効果は」

　この前会ったときより、草加さんの口調がおかしい。

　前は、ぽんぽん言っていなかった。

それよりもまだ別に気になることがある。私はそれを草加さんに聞くことにした。

「でも、おかしいです。前に見たときは、普通に視えていました」

「それは、視えるようにしていたからだぽんよ。視えたり視えなかったり、そういうのは自由自在ぽん。僕くらいになればね」

「さあ、触ってみて。今の状態なら、彼に触れるはずだよ」

そう三木志摩さんに言われて私はおそるおそる草加さんの巨大な腹に触る。温かな熱に驚いた。本当に、あやかしに触れるのだ。

「私……こんな……触れます……！」

感動で上手く声が出ないくらいだ。

「それは良かったぽん。こんな僕でもお役に立てて何よりだぽん」

そう言って巨大な狸は器用に一回転跳躍をした。

あっという間に草加さんは人間の姿に戻る。

「お前、いい加減、その口調はやめろ」

鴻上先生は呆れ果てながら草加さんに言った。

「だって僕の推しが、ちょっと変わった性格の男性に興味を持つってラジオで喋っていたから。僕はちょっと変わった男になろうって。だから口調の語尾を変えようと思って。ぽんって僕らしいでしょ？　狸っぽいでしょ！　僕は推しと恋愛したいわけじゃないけど、推しにふさわしい男にはなりたいんだぽんぽん！」

「いやいや、そこは……そういう意味じゃないと思うけどね。ぽんぽん言うだけで男を磨けるなら誰も苦労しないでしょ」

草加さんの熱意を三木志摩さんはあっさり否定した。

そして三木志摩さんは私に顔を向けて話しかけてくる。

「とにかく、これで君は、あやかしを視れるようになった。これから担当する患者も問題なく看護できるね」

「それは……」

困惑する私に、三木志摩さんは苦笑して鴻上先生を見て、ぎょっとする。

鴻上先生は腕を組んで苛立ちの表情を見せていたからだ。

「なんでそんな顔をしているんだ」

三木志摩さんの問いに鴻上先生は荒々しい鼻息で応じる。

「お前たちの話が終わるのを待っていたからだ」

「いやいや、意味がわからないし」

三木志摩さんの突っ込みを気にもとめず鴻上先生は言った。

「俺は月野に言いたいことがある。誰かが話している最中に口を挟むのはルール違反だ。もう口にしていいか？」

「そ、そうだね。ここからは鴻上先生から説明しないとだめだね」

三木志摩さんが後ろに下がったのを確認して、鴻上先生がずいっと私の方に近づいてくる。そして厳しい眼差しを向けてきた。

「……あやかしが視えるという危険性について、ちゃんと理解しているか？　今まで お前は、草加や子狸以外のあやかしを視たことがない。なればこそ、急に視えること になる危険性を把握しているか？」

私は深呼吸した。鴻上先生が何を確認したいのか理解したからだ。

「はい、わかっています」

「ならば答えてみろ。言葉にしてみろ。俺にわかるように」

私はゆっくりと言葉を紡いだ。

「あやかしが視えるようになれば、あやかし側からも私に干渉できるようになる。それは大きなリスクです。でも……」

そこで私は大きく息を吸い込んだ。

「私はそのリスクに向き合う必要がある。……私は呪いにかかっています、やがて死ぬ呪いが。それでも私には理想とする看護師を貫きたい気持ちがあります。でも、結局、私は私自身のことがよくわかっていません。このままでは私はどうなるかわからない。でもそれでも、この病院にいたら、きっとなんとかなる。それは皆さんがいるから」

自分の胸に手を置きながら私は言葉を続ける。

「そうした積み重ねがあるから、私はこうして行動できます。でも、そうでなければ、きっと間違えていました。今の私は先生たちとの交流で積み重ねたものがあります。だから危険も乗り越えられます」

頬を緩めて私は鴻上先生、そして周囲を見渡しながら笑いかけた。

「今、こうして周りにみんながいるから、大丈夫だと思います」

その答えに鴻上先生は指で円を作って私に見せてきながら言ったのだ。

「正解だ。とくに俺のことを口にした辺りが大正解だ。そういう考え方なら安心してこのプレゼントを贈ることができるな」

一歩踏み出した鴻上先生はこう、言ったのだ。

「つまりは……お前には、あやかしの患者を担当してもらう」

◆

今回の患者は管狐《くだぎつね》の子どもだ。

名前はセツ。

だが、この管狐を鴻上眼科に連れてきたのは人間のようだ。

私は詰め所にあるパソコンで患者の情報を確認する。

管狐の使役者によると、どうやら色の見え方がおかしいのか、命令にうまく従えていない、ということでここに来たようだ。

彼女はすでに様々な検査を受けており、色覚異常の疑いがあることまでわかっているのだ。

しかし、それがどうして入院していることに繋がっているのだろうか。色覚異常は治療で治るものではない。見え方を本人が理解して環境に合わせていくことが大事だ。環境自体も、最近ようやく色覚異常に優しくなってきた。

不思議に思っていると、申し送りをする看護師がカルテの補足をする。

「彼女は、なぜ入院することになったのか知りません。おそらく彼女から質問されることがあるかと思いますが、決して言わないでください」

「どうしてですか？」

そう私が問いかけると看護師は淡々とした口調で答える。

「簡単な話です。使役者の霧島《きりしま》さんが望んでいないからです。霧島さんの方針に今のところは従うとの、鴻上先生からの指示です」

そう言われて、再度、電子カルテを見ると鴻上先生からの指示で、そう書かれてあった。

でも、なぜだろうか。

理由までは書かれていなかった。

患者と家族――この場合は使役者だが、考え方や方針が異なるのは、よくあることだ。

それがトラブルのもとになるのも、よくあることだが。

私は首を横に振った。余計な心配をしても仕方がない。

私は申し送りを終えると、担当患者の病室に入る。

そして眼鏡をかけた。

――あやかしの患者と接するときだけ眼鏡をかけろ。それ以外は、絶対に外せ。

それが、鴻上先生との約束だ。必要なもの以外は視ないように配慮してくれているのだ。

あやかし専用の病室のようだが、人間と同じ広さだ。

ただ人間用の寝台の上に、まるで犬用のように見える小さなベッドが置いてある。

セツはそのベッドの上に丸まって寝ているようだった。セツの背中にはペット用の毛布がかけられている。

その毛布が上下しているのを確認して、私は少しだけ身をかがませた。

「こんにちは」

そう呼びかけるとセツちゃんの瞳がこちらを向いた。

「ねえ、お姉ちゃん。私はどうして入院しているの？　ご主人さまも、お父さんもお母さんも、誰も私に教えてくれないの」

早速、聞かれてしまった。

セツちゃんは澄み切った丸い瞳で、私の答えを待っている。

私はあえて答えずに、ごまかすための笑みを浮かべながら、話題をそらした。

「……ご主人さまというのは、使役者の霧島さんのことかな？」

「うん！　セツはどこも身体悪くないのに、ここに入院しろって。お姉ちゃんも知らないのかな？」

「どうかな？　霧島さんに聞いてみるのが一番かもしれないね」

「そうかあ」

セツちゃんは残念そうに言った。

「お母さんやお父さんとも会えなくて寂しいし、いつまでここにいなきゃいけないんだろ、ねえ、いつまで？」

そう問いかけられても私は答えられない。だから、ごまかすしかなかった。

「いつまでかな。これから先生や霧島さんと相談しながら決めていこうね」

「ええー、すぐ教えてほしいよー」

「ごめんね、セツちゃん」

そう私が心苦しく、小さく笑うと、セツちゃんは驚くように眼を見開いた。

「どうしたの？」

「ううん、ちゃん付けで呼ばれたのが初めてだから。なんだか恥ずかしいね」

セツちゃんはそう言うと、さらに身を丸まらせた。

戸の開く音がした。振り向くと、そこにはひょろりとした体格の着物姿の男性がいた。細い眼を、さらに細めて私に話しかけてくる。

「おやおや、看護師さんがやってきたんですね。どうも、霧島と申します」

セツちゃんは彼を見て、びくっと身体を震わすと毛布の下に隠れた。そんなセツちゃんを不思議に思いつつ、私は首を傾げながら、霧島さんに話しかける。

「使役者の霧島さんですね。担当看護師の月野です。これからよろしくおねがいします」

「また人が代わったんですね」

急にそんなことを言われて私は驚く。

霧島さんは持ってきた鞄を棚の上に置きながら言葉を続ける。

「そうです。私はこの子の使役者です。ところで、あなたもすぐに辞めるんですかねえ」

ぐいっと顔を近づけられながら言われた言葉に私は眼を丸くしてしまった。

「いえ、私は……」

この病院が特殊で、過去にたくさん辞めた人が出ていることは知っている。だが私は辞める気はない。それをどう伝えようか、いや伝える必要はないのか迷っていると、さらに霧島さんは一歩踏み出して、顔の距離を詰めてくる。

「ああ、いえいえ……何を言いたいかはわかりますが、そういう一般的な意味ではありませんよ。……なるほど、あなたのは、ずいぶん根深そうだ」

根深いとはどういうことだろうか。

不思議に思っていると、霧島さんは、すっと私から身体を離した。そうして被っていた帽子を脱いで鞄の上に置きながら言葉を続けた。

「ふふふ、妙なことを言ってしまい、すみませんねえ、そういう商売なもので。つい癖が抜けない。なに、困らせるつもりはなかったんですよ、こう見えても、そこは区別がついているつもりですから」

どうにも言葉の意味が通じない。

「ええ、困らせるつもりはなかったと。そこだけ理解してくれれば十分です」

まるで心のうちを読み取られているようだ。そんなことはないのだろうが、そんなにわかりやすく感情が表に出ているのだろうか。私は頬に手を当てた。

妙な空気だ。居心地が悪い。

なぜ、ここに入院している理由を教えないのだろうか。だが、そんなことは質問できない。私は電子カルテの記事を思い出す。

セツちゃんについて、霧島さんに確認することはないだろうか。大体は、すでに鴻上先生のほうで確認済みではあるし、記事にすべて網羅されていることではあるが、そもそもセツちゃんに隠し事をする理由はどこにもない。

その手がかりを少しでも霧島さんとの会話で引き出せないかと思ったのだ。

霧島さんは察したかのように私を廊下に連れ出す。そして、やれやれといった様子で口を開いた。

「こいつは管狐の子どもです。私は管狐を使役して色々な雑用をする仕事についています。この子はまだちゃんとした仕事はしておらず、これから正式に働かせる予定で、小さなままごとめいた雑用を頼んでいたのですが、どうにも指示してもうまく動かない。これが仕事に支障をきたすレベルなので……それでおかしいと思って、ここの病院に連れてきたんですよ」

そういう言い方をするのか。

セツちゃんを責め立てるような言葉に、私はきつく眉を寄せそうになるが、必死に耐える。

そうして霧島さんは再び私を病室に連れ戻すと、セツちゃんに近づき乱暴に、その頭を撫でた。

「……まあ、このまま役に立たないなら捨てるしかないいんですけどね」

「え、それは……」

あえて、その言葉だけセツちゃんに聞かせるように言うのか。

言葉を失っていると霧島さんが肩をすくめた大げさな動作で快活に笑う。

「冗談ですよ」

しかし、その言葉にセツちゃんが小さく身体を震わせている。

あまりむやみに患者にマイナスの感情を与え続けるのはよくない。私がうまく話題を振れなかったせいで、こんなふうにセツちゃんを傷つけてしまった。

電子カルテを思い返しながら私は霧島さんに問いかけた。

「今の状況は先生から聞いていますか？」

「ある程度は」

なるほど、霧島さんはセツちゃんの色覚異常を知っているのか。

だが霧島さんはどこか不満そうな表情をして言葉を続けた。

「でも正直、疑問に思うところがあって、それを先生に確認したく、ここに来たんですよ。……今日は仕事を終わらせましたから、しばらくこの子の様子をここで見ていますよ。先生にも、そうお伝えくださいませ。……ああ、別に今日でなくても構いませんので。見舞いの時間が終わる頃には、ちゃんと帰りますから」

「わかりました」

霧島さんの眼から、とくにこれ以上、用事がなければ出ていけ、という感情を感じ取る。

とりあえず今日は挨拶とセツちゃんの様子を確認するだけだ。採血も検査も今のところは必要ない。私は眼鏡を外し、詰め所に戻ることにした。

◆

詰め所には珍しく鴻上先生がいた。どうやら私を待っていたらしい。

私の姿を目に入れた鴻上先生は静かに手を上げた。隣の椅子を指差す。座れと言っているようだ。私はおとなしく先生の指示に従うことにした。

「鴻上先生……わざわざ直接来られなくても」

　私の言葉に鴻上先生は首を横に振った。

「俺が来るときは最適なタイミングだ。逆に問題ない。俺こそが正義で、俺こそが正しい。ゆえに俺の行動をお前が気にする必要はない」

　言われてみればそうだ。私は小さく頭を下げて言った。

「す、すみません」

「なぜ謝る？　だから何も問題ないと言っているのに。もしや俺は言葉選びを間違えているか？」

「だ、大丈夫ですとも！　間違えていませんから！」

　慌てて変な言葉遣いをしてしまった。そんな私を苦笑しながら鴻上先生は軽く手を振りながら問いかけてきた。

「とにかく気にするな。今回はお前の話が聞きたかったからな。患者と……霧島の様子はどうだった？」

　患者さんの家族のような存在を呼び捨てにする鴻上先生に首を傾げながらも、私はためらいがちに答えた。

「セツちゃんは、特に変わったことは。目やにや充血などもなかったです。ただ、霧島さんのセツちゃんへの態度が……。なぜ霧島さんはセツちゃんに酷い態度を取るのか、と……」

「酷い態度とは？」

　鴻上先生の問い詰めるような響きに違和感を覚えながらも私は答えた。

「セツちゃん自身にはっきりしたことは言わず、それでもセツちゃんを責め立てるようなことをあえて口にして……セツちゃんは怯えていました。霧島さんはどうしてセツちゃんに対してちゃんと事情を話さないのでしょう。だって、セツちゃんの症状は……」

「ああ、色覚異常だ」

　鴻上先生ははっきり答えた。私はつい疑問を口にしてしまう。

「あやかしも……管狐も色覚異常になるんですね」

「管狐にも両の眼がある。眼に異常が出るのは当たり前だ。あやかしの色覚異常も人間のそれと同じだ」

　それもそうだ。思わず問いかけた自分に自己嫌悪してしまう。

「でも、どうして色覚異常に？　やはり……」

「ああ、遺伝だろう。この子どもは雌だ。色覚異常の雌が生まれるには色覚異常の父親、それを考えると……」

　そこまで考えて、どうしてだか、鴻上先生は顎に手を添えて眉間にシワを寄せた。

「母親は保因者だろうな、間違いなく」

　だが、もしセツちゃんの父親がもともと色覚異常なら、セツちゃん自身もそうなっても仕方ない。霧島さんがあそこまでセッちゃんに辛く当たる理由がわからない。

悩んでいると鴻上先生が立ち上がった。私を見下ろしながら、逡巡する様子で私に問いかけてくる。

「……大丈夫か？　やれるか？」

私が初めて、あやかしの患者を担当するからだろう。鴻上先生の細やかな気遣いに感謝しながらも、あまり負担をかけたくない気持ちもあり、もどかしさを持て余しながらも、私は大きくうなずく。

「大丈夫です。……この間、笠沼さんの件、鴻上先生は確かに私を必要としてくれたじゃないですか。私は、あれが何よりも嬉しかったんです」

——俺には、お前が必要だ。

その言葉を思い出すだけで、胸のうちから活力が湧き上がるようだった。

そこで私は照れ隠しにパソコンの画面へと視線を移す。

「実は私……今までの病院で、恥ずかしながら人に頼られたことがないんです。それよりも説教されたり、馬鹿にされたり、本当に恥ずかしいんですが……役に立たないとみなされることが多くて……だから、本当に鴻上先生のあの言葉が、今の私の励みなんです」

小さく、鴻上先生の息を吸い込むような音がした。

今、鴻上先生はどんな顔をしているのだろうか。それすら想像できずに私は少しだけ顔をうつむかせた。

　自分語りなんて、余計なことを話してしまった。長い間の沈黙が苦しい。おそるおそる顔を持ち上げたものの、鴻上先生の顔を見て目を見開いてしまった。

　眉根にこれ以上となく皺を寄せて、険しい表情だ。厳しいなんて表現では言い表せない。双眸には薄暗い光が宿っている。相変わらず隈がひどいが、その隈がさらに圧迫感を与えるような印象だ。

　私は一体、何を言ってしまったのだろうか。やはり卑屈な自分語りなんて、したことが間違いだったのか。

「……鴻上先生……？」

　たどたどしく呼びかけると、鴻上先生が、はっとしたような表情になる。深い息を吐き出して言葉を紡いだ。

「……霧島になにか言われたか」

「えっ」

　どうして、そこで霧島さんの名前が出てくるのだろうか。思いもよらない問いに困惑しながらも私は先程あったことを思い出す。

　たしかに霧島さんには私がすぐ辞めるのか、とからかうように言われた。だが、それを鴻上先生に言うのは、まるで患者さんの関係者の告げ口をするかのように、気分が悪く感じられてためらわれた。

「いいえ、なにも」

鴻上先生に嘘をついてしまった。

その罪悪感と、霧島さんに対して告げ口をしなくて済んだという安堵感で、私の心はぐちゃぐちゃだった。

――いつもは、こんなネガティブじゃないのに。

セツちゃんの担当になってから、いいや、霧島さんに会ってから、マイナスの感情が膨れ上がるばかりだ。

普段とは違う自分の気持ちを、私は持て余すばかりだった。

◆

ＰＨＳで鴻上先生にセツちゃんの病室まで来るように言われた。

急いでセツちゃんの病室に向かう。眼鏡をかけて病室に入ると、鴻上先生と霧島さんが言い争っていた。

「だから、それだと納得いかないんだって、私は言っているじゃないですか」

「今のところ検査ではそう発覚していています」

「いやいやだから、それならなんでこいつの父親は問題なく仕事ができるんですか。おかしな話でしょう。検査結果が誤っているんじゃないですかねえ。私はそう思いますが」

「そうですね……。この患者の両親も一緒に検査したほうがいいかもしれませんね」

「ええ、わかりましたとも！　なら、そうしましょうとも！　私は、この病院の検査が間違っていると思っていますがねぇ！」

霧島さんは顔を真っ赤にして怒り狂っている。

鴻上先生は飄々とした顔でその怒りを受け流している。

セツちゃんは二人に挟まれるように寝台の上で身体を縮めている。こんな言い争い、セツちゃんの目の前でさせるわけにはいかない。

私はわざとらしく大声を上げた。

「鴻上先生……あの！」

そこでようやく霧島さんは私の存在に気づいたらしく、はっとした表情をしたが、すぐに笑顔を顔に貼り付けた。

「もう面会時間は終わっていましたよね、申し訳なく……。私は退散いたしましょう……」

そう言って霧島さんは、そそくさと病室を出ていった。

さすがに鴻上先生はセツちゃんに配慮しなさすぎだ。どう言葉にすれば刺々しく伝わらずに済むか考えながらも、ゆっくり唇を開いた。

「鴻上先生……あの、セツちゃんの目の前で大きな声は駄目ですよ」

そのとき、鴻上先生は不思議そうな顔をして私を見た。まるで子どものような顔だった。

「どうしたんですか?」

私の問いに鴻上先生は口元を押さえて、ゆるやかに首を横に振った。

「いいや、たしかにそうだな。その辺り、気づいてくれて助かる。俺は疎いからな。感謝する」

「……いいえ」

この辺りが、真田先生の言う、私の普通らしさが望まれているところなのだろうか。なら、私という存在が役に立ったということなのだろうか。

素直に礼を言われて私は顔が熱くなってしまった。だがすぐに首を横に振る。そんな場合ではない。まずはセツちゃんのケアをしなければ。

「セツちゃん、大丈夫?」

そうセツちゃんに近づいて声をかけると、セツちゃんは、ふるふると弱々しい仕草で首を伸ばした。嗚咽の混じった声で言う。

「……私、お仕事が全然できないから、ここに入れられちゃったの? 私がおかしいのかな? 私のせいなの?」

「セツちゃん……」

かける言葉が見つからない。だが、それでは看護師は務まらない。

「大丈夫、そんなことないよ。それだけは絶対に違うから。気にしないで、まずはゆっくり身体を休めよう？」

「……」

セツちゃんは、私の言葉に小さくうなずくと、はらりと涙をこぼした。

◆

「カンファレンスを行ったほうがいいのでは」

廊下に出た鴻上先生を追いかけて私は息を乱しながらも提案した。

だが鴻上先生は足を止めなかった。私は追いつくのに必死になってしまう。

鴻上先生は私のほうを見ることなく話しかけてくる。

「ほう、なぜそんなことを提案する？」

「そんなことって……いろんな視点での話し合いは必要なはずです」

「……ふむ」

立ち止まった鴻上先生は顎に手を添えながらニヤリと笑った。その表情に不穏なものを覚えた私は一歩下がってしまう。

「な、なんでしょう」

「さて、どうしたものか。お前がそこまで言葉にするなら理解するが……しかし

「……」

しばらく考え込んだ鴻上先生は首を横に振って再び歩き始めながら答えた。

「いいや、やはりカンファレンスは無意味だ」

とりつくしまもない鴻上先生の返答に私はすがりついてしまう。

「なぜですか。まだ、やってもいないのに」

「やっても無意味だから選択肢にないだけだ。やるまでもない」

「そんなの……！」

カンファレンスは治療にとって大事な要素だ。なぜ、それをする選択を取らないのか。無意味だと言い切れるのか。それが私にはわからなかった。

他者からの意見は目から鱗だったりする。

だからこそカンファレンスの機会は重要だ。

「忙しいからですか？　でもカンファレンスでも色々あります。むしろ忙しいさなかに短い時間で済ますカンファレンスのほうが主流なはずです」

そうカンファレンスの規模も多種多様だ。外部の医者を呼ぶほどの規模で会議室を借りることもあれば、詰め所に各主要スタッフを呼んで、一〇分ほどの話し合いをすることもある。むしろそちらの小さなカンファレンスのほうが多い。

だからこそ、そのカンファレンスをしない意味がわからない。

私は必死に主張する。

「鴻上先生、このまま、霧島さんとセツちゃんの気持ちが離れたままは、まずいと思うんです」

「――そういう考え方は、斬新だね」

「え？」

私は立ち止まった。

真正面の角のほうから真田先生がやってくるのが見えた。

「いや、むしろ当たり前だったのかな。いいじゃないか、日々のカンファレンス。やってみても。たしかにこのまま患者の意思を無視したやり方を進めていいわけもないからね」

「真田先生……」

私がほうけたように名を呼ぶと真田先生は眼鏡の縁を指でつまんで、位置を直しながら言う。

「僕は賛成かな、鴻上先生。彼女の言う通り、普通は患者を優先することが大事なんだよ。たしかに僕たちの考え方だと、使役されているあやかしより、使役者の意向のほうが大事だ。でも、それはあやかし界隈での常識だからね。病院という場での常識じゃない」

鴻上先生は立ち止まらない。

やれやれという動作で肩をすくめると、真田先生はすれ違い間際に鴻上先生の背中を叩いた。

「やってみる価値はあると思うよ？」

そこでようやくため息ついて鴻上先生が足を止めた。顔をしかめた鴻上先生は真田先生を一瞥する。

「……なるほどな、そういうことか……」

そこで鴻上先生は私を一瞥した。

どうしてだろう。その仕草に少しだけ不安を覚える。

真田先生は首を横に振って言う。

「それだけじゃないが、それも一つの要因だと思うけどね。なんにせよ、やってみてもいいとは思うよ。まあ、たかが、あやかしの患者ではあるけれども。できることはやってみるべきだよ」

そこでようやく私は気づいた。

みんな、セツちゃんのことを患者と見ていないのだ。患者は患者だが、その前に使役者に使役されるあやかしで、自由のない存在なのだ。だから、そのために時間を費やすのは無駄だと、そう言いたいのか。だが、鴻上先生の言い方だと、それだけではないようだ。

仕方なしというような態度で、目を細めて鴻上先生は私を見つめながら言った。

「やってみたいか？」

「はい！」

そこに迷いはない。私は大きくうなずいた。

「……そうか、たしかに己の内からくる気持ちこそが正義であり、あるべき形だ。ならここはお前の背中を押すことが俺のやるべきことなのだろうよ。俺はお前の意思を尊重したい。その気持ちは真実だ」

そう言った鴻上先生は少しだけ目を細めた。

◆

日々の小さなカンファレンスは忙しい時間の合間に行われる。

本来は、その日のリーダーにカンファレンスの相談をする。そしてリーダーが時間を決めて各スタッフに呼びかけをして、その時間に間に合うように各スタッフは仕事をこなすのだ。

しかし、今、この病院の看護師はほとんど子狸が化けた存在だ。看護師長と呼ばれる存在がいるが、ほとんど飾りのようなものだ。うまく機能はしていない。

もちろん、その日のリーダーは一応いるが看護師長と同じく、飾り同然だ。草加さんが主であるため、草加さんの指示のもと、ある意味、草加さんが影のリーダーで看護師長みたいになっているのかもしれない。

他の病院だと、その日のリーダーはある程度勤務経験の長い看護師が行う。カンファレンスのリーダーもだ。だが、ここの病院に適切な看護師はいない。事情を知っている看護師も数が少なく、人手の足らないときに補助されるような役割だ。普通の人間はほとんど外来を担当している。

だが、私はそのことに不安を覚えていた。

そして、今日、詰め所でセツちゃんのカンファレンスが行われる。

セツちゃんの両親が色覚異常なのかどうか、その検査結果をもってだ。

今日、集まったメンバーは鴻上先生、真田先生、三木志摩さんに、セツちゃんの使役者である霧島さんだ。社会福祉士や栄養士については、今日は子狸が化けたものしかいないらしいので、不在だ。

「それで……検査はどうだったんですか？」

そう言った霧島さんは腕を組みながら座っている。どこか挑戦的な双眸で鴻上先生を見つめていた。鴻上先生は嘆息しながら答える。

「……母親は色覚異常の保因者だ」

「……まあ、それならわかります。保因者であって色覚異常を引き起こしているわけではないから、眼に異常はなく、仕事も普通にこなせるでしょう。問題は……」

そう、父親のほうだ。

父親が色覚異常でなければセツちゃんが色覚異常なのはおかしい。

鴻上先生は机により掛かるような姿勢で、重く息を吐き出しながら言った。

「……父親は色覚異常ではない」

「ほら！　私が言ったとおりじゃないですか！」

霧島さんが興奮して唾を飛ばしながらまくしたてる。

「それなら、あの子どもが色覚異常なのは、おかしいです。やはり、ここの病院の検査が間違っているんじゃないですかねえ！」

「……それは絶対ありません。検査結果は絶対です」

三木志摩さんがムキになって主張する。

「どうですかねえ、そんなの、私にはわかりません。最近は医療ミスというか、検査結果を間違えたり見逃したりするニュースだって増えていますしねえ！」

霧島さんが馬鹿にしたかのようにあざ笑う。三木志摩さんが目を見開き、言葉を発した。

「それは……！」

「そもそも検査結果をどうこう言う前に、それより確認するべきこともあるだろう。たとえば、いつまで患者に入院理由を秘密にしておくべきかという話だ」

鴻上先生の言葉に霧島さんは顔を真っ赤にして言い放つ。

「私が使役しているあやかしだ、私の好きなようにしていいでしょう！　そもそも、あの子どもの視力に問題があるんじゃないかと……色覚異常ではなく、何かしらの病があるんじゃないかと、そう私は思っているんですよ。生まれつきのものではなくてですねえ！」

「色覚異常以外に、異常はない。病気もだ。ほかは正常だ」

「それが間違っているんじゃないかと私は言っているんですよぉ！」

鴻上先生に霧島さんは掴みかかろうとして、そこで初めて真田先生がやれやれといった様子で間に割り込んだ。

「ちょっと話がそれているよ。そもそも、今回の件はあくまで、全体的な治療方針を決めるためのものだよ。それは患者にこのことを話すのも含めてではあるけれどね。検査結果の信憑性について言い争う意味はないよ」

「そうは言ってもですねえ！」

真田先生がなだめても霧島さんは興奮が収まらないようだ。

「だからね！　私は、あの子が仕事できないのが、あの子のせいであることをはっきりさせたいだけなんですよ！」

単なる八つ当たりにしか見えない。元々感情的な人間なのかもしれないが。

そこまで霧島さんが怒鳴ったとき、遠くでがちゃりと扉を開く音がした。はっと後ろを向くと、そこはセツちゃんの部屋の扉だった。

聞かれてしまった！

もともと詰め所はどの病室でもすぐに駆けつけることのできるようにオープンな

作りになっている。だから、ここで大声を出せば、他の患者にも聞こえる可能性がある。先生や看護師は当然、それを踏まえて気をつけるが、患者の関係者がそこまで配慮することを求めても難しい。だから霧島さんも声を荒げてしまったのだ。

きっと大きな声が気になってセツちゃんは盗み聞きしてしまったのだ。

こんなのは、おかしい。

こんなのは、普通のカンファレンスじゃない。

みんな理性的でないし、感情的な上に、解決に向かおうという意思がない。

誰もが好き勝手なことを言っている。本来、短い時間で解決しようという意思を持つのが日々のカンファレンスだ。

「すみません、セツちゃんの様子が気になるので行ってきます」

鴻上先生がうなずいたのを見て、私は慌ててセツちゃんの病室に向かう。

眼鏡をかけて病室に入ると、セツちゃんの姿がどこにもない。

「セツちゃん、どこですか、セツちゃん？」

呼びかけると、がたりと音がした。

寝台の下のほうだ。

屈んで覗き込むと隅に、セツちゃんが身を震わせて隠れていた。

「セツちゃん」

そう呼びかけると、セツちゃんは身体をびくりとさせた。

か細い声で私に話しかけてくる。

「……セツはいらない子なの……？　だから、ここに置いてかれたの？」

「そんなことはないです」

私は、はっきり言った。

「でも私のせいにしたいって。ご主人さま、そう言った……！」

黙り込む。それに返せる言葉をすぐに思いつかなかった。

だが一瞬の沈黙は、セツちゃんにショックを与えるには十分だったようだ。

「やっぱり……」

「違う、違うんです」

私は慌てて否定したが、それきりセツちゃんはどれだけ呼びかけても寝台の下から出てこようとしなかった。


たまらず私はトイレに駆け込んでしまった。

そのまま眼鏡を外してトイレの個室で便器に向かって、げえげえ吐いてしまう。

大盛りの油ぎとぎとのラーメンを食べても、吐いたこともお腹を壊したこともなかったのに、こんなに吐いてしまうのは何年ぶりだろう。

吐き慣れていないため、涙や鼻水が出た。呼吸すら難しくなる。胸が苦しい。

詰め所に集まった全員の顔を思い浮かべた。

とくにその中でも、強く色鮮やかに出てきたのは鴻上先生だ。

――だから言ったのに。

そう言われている気がした。

最初から鴻上先生はカンファレンスについて反対していた。

こういう結果になる可能性が高いと見越していたからだ。

もちろん、私はセツちゃんの電子カルテをきちんと見ていた。それ以外にも霧島さんとセツちゃんの関係性の危うさも理解していた。

だから、こうなる可能性もわかってしかるべきだったし、実際に頭の中では理解していた。だが、今まで他の病院のカンファレンスでは大きなトラブルは起こったことがなかった。油断していたのだ。

浅はかだった。

きっと鴻上先生――いいや、他の人だって、今回のカンファレンスを提案した私のことを責め立てているはずだ。

同時に思う。いいや、こんなのは被害妄想だ。鴻上先生たちは優しい。私を責めることはない。

それなのに、自分を苛む妄想に自己嫌悪して苦しんでしまう。

まるで自分自身ではないかのようだ。

「でも、私は、目指すべき看護師として、頑張らないと……！」

どれだけ胃の中のものを吐こうが、その気持ちがなくなることはなかった。

◆

よろよろとトイレから出るところで、ばったりと鴻上先生に出くわす。

偶然ではないだろう。きっとずっと私の様子を見守っていたのだ。

「鴻上先生……」

慌てて踏ん張って、何事もなかったかのように振る舞うが無駄だろう。

先程、鏡で見ると、顔が真っ青だった。

この顔色が短時間でどうにかなるわけがない。

精神的に弱すぎると思われることだろう。

鴻上先生は険しい表情だ。今までに感じたことのない威圧感に、私は小さな悲鳴を上げそうになるが、慌てて飲み込む。

激しい剣幕どころではない、敵意や悪意――そう、今までの病院で私がたくさん人から受けた感情を、今、鴻上先生から向けられていた。

そのことにショックを受けながらも、私は黙って先生が近づいてくるのを見る。

「……限界だな。呪いの影響とはいえ、ここまで酷くなるとは」

「え？」

「はっきり口にするぞ、お前が精神的に不安定になっているのは呪いの影響だ。だから、これ以上、お前の心を不安定にさせるわけにはいかない」

私の勘違いだ。悪意や敵意ではない。先生の言葉には私を気遣う優しさが込められている。私はたどたどしく言葉を発した。

「え？　呪い……」

「本当にまさか、何の影響もないと思っていたのか？」

先生の問いにコクンとうなずくと、鴻上先生は額に手を当てて深く息を吐きだしながら言った。

「とにかく、これ以上は見ていられない。お前には申し訳ないが」

「それは……どういう……」

がくがく震える足をどうにか踏ん張り、言葉にする私に鴻上先生は両手を広げながら言った。

「お前の状況は放置できないということだ。……お前が夢から遠のくんだぞ、これ以上は。だから、申し訳ないが、これが今の最善であり最適な選択肢だと思い、お前に告げる」

「それは……」

何を私に告げるというのだろうか。

「……お前をあの患者の担当から外す」

鴻上先生は、そうはっきり言った。

頭をがつんと殴られたような思いだった。

たしかに私は失敗をしてしまった。しかし、急に担当から外されるようなことではないはずだ。それとも、そう思ってしまうことが、そもそも間違っているのか。何もわからないまま、私は鴻上先生へと手を差し伸べた。

「ま、待ってください、た、たしかにカンファレンスが失敗して、落ち込んではいました。けど、呪いの影響だといっても、そんなに大きな身体的被害が出ているわけではなく……」

「出ているわけがない、だから？」

「だ、だから……」

「死んだら終わりだと思わないか？」

「それは……」

うつむく私に畳み掛けるように先生は言った。

「はっきり言おう。お前の精神が不安定になればなるほど、呪いの影響力は強まる。今は良くても、今後どうなるかわからない。そうなる前に、とにかくお前をあの患者から切り離す」

「でも、私は呪いには負けたくなくて……死にたくは……」

「何度も言わせるな、お前を死なせないようにこうするんだ。お前は呪われているんだ、命に影響の出るような強い呪いなんだ」

鴻上先生の言葉に私は必死ですがりつく。

「でも、だからこそ、ここは頑張りたいって。だって私は理想の看護師に……」

「だからそれで呪いの影響を強くしたことで死んだら終わりだろう」

同じことの繰り返しだ。そのとおりだ。

「でも……」

そうつぶやいたものの、先生の言葉に間違いなどない。それは私もわかっていたから、それ以上は何も言えずに唇をつぐむ。

「だから何度も言わせるな。お前の命を守るためだ。お前をここであの患者の担当から外すことは。とにかく、これ以上は駄目だ。俺の指示に従え。月野」

そして鴻上先生は私を指差しながら、明朗と告げたのだった。

「俺の言葉は絶対だ。今まで間違っていたことがあったか？」

そうだ。鴻上先生の言葉は絶対だ。逆らう意味もない。

「わかりました……」

肩を落として、私はそれだけ口にしたのだった。

◆

翌日、落ち込んだ気持ちを引きずったままの私は、夜勤の前にラーメン屋さんに来ていた。

嫌な気持ちになっても美味しいラーメンを食べれば気分が回復すると思ったからだ。

ここのラーメン屋は鶏をベースにしたスープだ。濃厚な鶏だしであるにもかかわらず、あっさりしており、後味に残らない。外観はラーメン屋とは思えないほど、ぼろく、扉のガラス窓は割れている。立派な看板が立っているわけでもない。だが、店の外観などどうでもいいと思えるほどに、美味のラーメンを堪能させてくれる。スープだけでなく半熟味付け卵も、チャーシューもかなり美味しい。すべてが一定以上の品質なのだ。

列ができているが開店前に並んでいれば、すぐに食べることができる。

すでに何人かが並んでいるようだ。私はその後ろに並んだところ、見覚えのある背中を見つけた。声をかける前に、向こうも気づいたようだ。振り返って私に話しかけてくる。

「ふん、月野、ようやく来たか。このタイミングがベストだと思っていた。さすが俺だな、思わず自画自賛してしまうぞ」

「鴻上先生？」

得意げな笑みで鴻上先生がラーメン店の列に紛れ込んでいたのだ。

「ここは、お前のおすすめのラーメン屋さんなのだろう、俺は知っているぞ」

鴻上先生は、そう私に話しかけながら、ラーメン以外のものを頼んだようだ。

ここのラーメン屋さんは先に店員に注文するのだ。チケット方式ではない。

先生は言葉を続けた。

「なぜなら、ここがこの辺りで一番評価の高いラーメン屋だからだ。ここで待っていればそのうちお前と出会えると思っていた」

「さ、さすがですね、鴻上先生」

「ふん、褒めるな。わかりきったことをしただけだ」

そう言いながら私の隣に座った鴻上先生は目の前に置いてあるコップを二つ取って、私の分も水をついでくれた。申し訳なさを覚えながらも、片方のコップを受け取る。

「……さて、この俺が直々にメンタルケアをしにきたんだ。思う存分、愚痴をするといい」

急にそう話題を振られ、私はびっくりしてしまう。

もしかして鴻上先生が私をセッちゃんの担当から外したことについて思うところがあるのだろうか。私をフォローしにきたのだろうか。

「えっ、ぐ、愚痴だなんて。だ、大丈夫です。実感が湧かないだけで私に命の危機が迫っているのは事実なんですから。それが仕事に影響が出てしまったことに申し訳なさを感じているわけであって……」

そう私が言うと鴻上先生は呆れたように言った。

「大丈夫じゃないだろう、俺がお前なら大丈夫じゃない。なに、理不尽なことに対する苛立ちは理解できるからこそ、どれだけ俺を罵倒したって構わん。……そもそも勘違いしている。仕事に影響が及ぶほど部下を追い込んだ上司の責任であり、お前が負い目を感じる必要など、どこにもない。お前がカンファレンスを提案したことももちろん賛成だったしな」

「そうなんですか？」

首を傾げて問いかけると鴻上先生は大きくうなずいて言った。

「もちろんだとも、部下がやる気を出して積極的に良い提案をしたんだ。それを受け入れない上司は上司という存在じゃない、世界から滅んでしまえばいいのでは。……呪いは理不尽なことだ。そんなものに悩み、考えて時間やキャパを費やすときは短時間で吐き出して消化したほうがいい。さあ、吐き出せ」

「吐き出すといっても……私の心がマイナスになって呪いの影響力が高まるというなら、先生の判断は正しいです」

「違う、俺が今聞き出したいのは強がりじゃない、お前の弱音だ。そうでないと、お前のマイナスな感情を昇華できないだろう。我慢をするところじゃない。俺の判断が正しいというなら、ここも俺を信じるべきだ。なぜなら、俺の行動こそが真理で絶対なのだからな」

あまりに熱のこもった先生の言葉に、私はどこかくすぐったさを覚えて小さく肩を揺らした。

「ふふっ……そういうふうに配慮してくれるだけで嬉しいです。ただ、そうですね。……カンファレンスもうまくできないこともそうなんですけど、他に気になることがあって……」

「なんだ」

それ以上、言葉を紡ぐことができず、私は深くうつむいた。だが、すぐに首を上げる。そして唇を開いた。

「セツちゃんと、その両親の検査結果のことです。なぜ矛盾が生じているのでしょうか。……もしかしてセツちゃんのご両親は色覚検査で嘘をついたとか……。だって、セツちゃんにあれだけきつく当たる霧島さんですから」

先生は一瞬だけ驚いたように目を見開くと、鼻から息を出しながら言った。

「そうだな、たしかに納得いかない。そもそも患者が嘘をついている可能性もあるからな」

「今回もどちらかが嘘を言っているのでしょうか……」

暗い声で言う私を、鴻上先生は首を横に振って否定した。

「誰かが嘘をついていたから、だからカンファレンスがむちゃくちゃになったって？　それだけの理由じゃないな。俺の病院にも大きな問題がある、どういう問題があるかはあとで説明するが……そうだな」

「なんですか？」

鴻上先生はすごく嫌な笑みを浮かべている。

なにか子供のいたずらでも思いついたような表情だ。

「いやあ、なんでもないぞ。そうだな、話を続けようか」

鴻上先生はため息をついて言葉を続ける。

「患者の主張なんて、最初から患者の主観だ、嘘も本当もない。だいたい、たとえば症状の中でも重要な痛みというのも、結局は患者の主観に過ぎない。嘘か、そうでないかの評価なんて、そもそも難しいんだ」

少し考え込んだ鴻上先生はコップの水を少しだけ口に含んで、飲み込む。そして言葉を続けた。

「たとえば、昔、こんな嘘を言う患者がいた。痛い、と言って何度もナースコールを押したり、笑いながら「痛い」と呼ばれたり、「薬をくれ」と何度も言われたりな。単なる白内障の手術をしただけだぞ」

「そういう患者は……」

不思議なことではない。私も今までの病院で、そういう患者はたくさん見てきた。

「そう、別にそうおかしなことではない。まあ、よくあることだ」

ふふ、と小さく笑った鴻上先生は指先をくるくる回しながら話した。

「ちなみに、俺はそういうときは「一番痛いのが10として5よりも痛い場合に薬を使いましょう、一回使ったら、数時間以上はあけましょう」みたいに具体的に数字を出して提示するようにしている。患者にも俺にもわかりやすいからな。まあ、どちらかといえば俺のためだ」

そして、にこりと微笑みながら私を見つめてくる。

「……つまり俺が言いたいのは何か、わかるか？　よくあることへの対処は俺たちは慣れているはずなんだ」

「じゃあ患者が嘘をつくのは問題なくて、あのカンファレンスが失敗した本当の原因は……」

一体、何だったのだろうか。首を傾げた私に鴻上先生はラーメン屋の店員を指差した。彼は注文から配膳まで一人でこなしていた。よく見れば、いつもの店員ではない。作業に不慣れなのか、どこかぎこちない。

もしかすると、いつもよりラーメンが届くのが遅くなるのかもしれない。

鴻上先生は人差し指をくるくる回しながら言った。

「お前のその観点は評価する。いいぞ……そうだな、俺の言ったことだった。嫌なことが苦しいことで頭をいっぱいにするより、仕事のことを考えたほうがいい、気が楽になる。なら、この話を続けよう」

そう言われてみれば、そうだ。こうして仕事の話をすると、胸の中にある暗い気持ちがなくなっていく。

「……まあ、俺たちの日々のカンファレンスは、彼と同じだ」

そう鴻上先生は声を弾ませながら小さく笑った。

「昔はそうでなかったのに、今は日々のカンファレンスをあまりやってないんだ。いや、厳密に言えば、俺は真田との会話で終わらせることが多い。話が通じやすいからな。だが、それでは不十分だ。凝り固まった意識の中で決定してしまう。……当たり前のことすら、わからなくなってしまう。まあ、それもすべて理解している。だが、そうせざるをえない状況も存在する」

慌てていた店員を、店の奥から店長が出てきてフォローし始めた。

それを見た鴻上先生は安心したかのように頬を緩ませた。

「そう、鴻上眼科の根底にある大きな問題、つまり人手不足だ」

店長が店員に指示をし始める。それを受けた店員の動きが見てわかるほどに違っていく。

「ああ、そうですか。リーダーが……」

そう、昨日のカンファレンスには、実質、リーダーが不在だった。

鴻上先生は大きくうなずきながら言う。

「そうだ。そこが鴻上眼科の最大の欠点だ。お前以外の看護師でいうと子狸が多いから、実質的にリーダー適性のある看護師がいない。だからリーダーを位置づけたとしても、ちゃんとしたリーダーができるわけじゃない」

「でもカンファレンスでは、リーダーの役割は重要です」

「そのとおりだ。しかし、そのリーダーが機能しない」

「だから、鴻上先生は、あんなに反対していたんですね。結果がみなくてもわかるから」

それをうまく理解できなかった自分に腹が立つ。

唇を強く噛み締めていると鴻上先生が愉悦を声に込めながら言う。

「ふふ、いいぞ、ぞくぞくしてきた。そうだ、この調子で議論を続けよう。お前の精神が徐々に安定していくのが手にとるようにわかる」

「せ、先生……」

どうしてだか鴻上先生が興奮している。その様子に驚いていると鴻上先生が咳き込みながら言った。

「ああ、すまなかったな。話がずれた。俺たちの病院の課題といこうか。……あれは俺が悪い。はっきり言うがな。まあ、結果はそうなるとわかっていて、はっきりと言わなかったのだからな。やはり言葉にしないのは悪だと理解できる状況だな。……それに俺は楽観視していた。そんなに難しいことをカンファレンスでやるわけじゃないからな。あの程度ならお前の言う通りやってもいいんじゃないかと……そう思ってしまったんだ。だけど、そうじゃない。たとえ楽観視していたとしても、俺たちの病院の欠点をお前に事前に話しておくべきだった」

鴻上先生の言葉を聞いて、いいや、と私は心中で首を横に振った。

おそらく事前に話してもらっても失敗していただろう。なぜなら事前に言われても、その日のリーダーとして位置づけられていた子狸が、すぐにリーダーとして振舞えるわけがない。

避けられない失敗だったのだ。

カンファレンスのリーダーは、日毎のリーダーが一緒にこなすことが多い。このリーダーは看護師長とは違う。部屋の担当も日替わりだが、ある程度のレベルの人がリーダーとなる。鴻上眼科については私はあやかし関連の患者の担当になることのほうが多いが。

リーダーは、その日の部屋の担当に指示をだしたり、先生からの指示を確認して伝えたり、業務が滞っていないかを確認して、滞っているところには助っ人をいかせたり――スタッフの業務が時間内終わるように動く役割だ。

カンファレンスは時間をかけるわけにはいかない。他の業務に支障が出るからだ。だからこそリーダーのファシリテート――舵取りの腕の見せ所なのだが。

「この病院にはリーダーのできるような子狸ちゃんはいないんですか」

そう私が問いかけると鴻上先生は難しそうな顔をする。

「リーダーのできる子狸か……最初はいたんだがな、仕事を拒否するようになってな」

そこまで鴻上先生が話したところでラーメンが運ばれた。これは私の分だ。

鴻上先生はラーメン屋なのに炙りチャーシューねぎマヨ飯を頼んだようだ。

「……先生……」

びっくりする私に鴻上先生は笑いながら言った。

「ラーメン屋に来たからといって、ラーメンを食べなければいけない決まりなどあるまい」

「そ、それはそうですけど……」

「俺はいつだって俺の食べたいものを食べる。それこそ俺流だからだ」

そして箸を手にとった鴻上先生はマヨ飯をむしゃむしゃと食べ始める。

「さて、話の続きだ」

ご飯を飲み込んだ先生は口の周りをマヨネーズだらけにしながら言う。

「リーダーは大事だ。……だけど、この病院だと、お前以外の看護師は狸の化けたものが多いからな。どうするべきかとは、ずっと課題として考えているが……」

そこで鴻上先生はニヤリと笑い、こう私のほうを見て言ったのだった。

「はっきり言おう、お前にリーダーを任せてもいいとは思う、実際、俺はな」

指で唇についたマヨネーズを拭いながら言葉を続ける。

「……最初、俺を交えて三重さんについて話し合いをしただろう。あのとき、すんなり進んだだろう。あれはお前という第三者がうまく作用したんじゃないかと思っているんだ」

◆

鴻上は月野と一緒に病院に戻ったあと、月野が担当患者のもとに行ったのを見送り、詰め所に向かった。そこでパソコンの前に座っている真田に近づき、その肩をぽんと叩く。

「……さて、聞いてくれ、真田。この俺が月野のメンタルケアを進めたわけだぞ、ラーメン屋で。褒めるがいい」

鴻上を見ることなく真田は話した。

「……君、ラーメンみたいなジャンクな食べ物は苦手じゃなかったっけ。……本当にメンタルケアができているのかな。具体的には何を喋ったのかな」

鴻上は得意げに真田に語る。

「俺は考えたんだよ、たしかに呪いの影響下で月野の精神はボロボロになりかけている。だがあいつは看護師としての仕事が好きだ。ならば、あえてここは仕事という場を与えて推し進めていくべきなのではないかとな」

「仕事という場ね……失敗したらどうするつもりなのかな。この呪いがどういったものか……まだ詳しく調べきれていないのに」

警戒するような真田の響きに、鴻上は小さく笑った。

「調査結果を待って何もわからないと保留していることこそ危険だ。……どうせ、ここ最近であやかし関連の騒ぎを起こしているところと直接でないにしろ関係あるのではないかと思うしな。ならば予測して先手を打ったほうがいいだろう。ふふ、まるでゲームのようだ」

「あまり面白がるのはダメだよ。辞めてもらっても困るからね」

たしなめる真田の言葉に鴻上は声を低くして言った。

「本当は早く辞めてほしいんだろう。お前はそういうやつだ」

もう一度、ぽんと真田の肩を叩く鴻上の手を、真田は静かに払いのけた。

真田は渋い表情のまま、硬い口調で言う。

「……その前に辞めてもらっても困るということだよ。……そうだねえ、月野さんに少なくとも、あのことは話すのはまずいね。彼女の呪いの影響力は強まりそうだ」

「俺もそれは同意見だ。俺は断言できるぞ、あれはあいつにとって心の要のようなものだ。前提をひっくり返すほどの大きなもの。かなりの衝撃になる。だからこそ、あいつには秘密にしておいたほうがいい」

鴻上が唇を噛みしめながら言葉を続ける。

「何事にも段階が必要だ。俺が見る限り、まだ月野は知るべき段階ではない」

鴻上の言葉に真田は嘆息した。

「だが今のままでも危険だ。さてどうしたものやら」

「そうだな。……お前の気にしている通り、だいぶぎりぎりのラインだ。だから俺は、あの患者の担当から彼女を外した。あれ以上、不安定にさせる要因の傍にいれば危険な領域に達していた可能性があった」

「でも、君はさっき彼女を仕事の場にて推し進めると言ったね。それはどういうことかな」

険しい目つきで真田は鴻上をにらみつけるが、鴻上は飄々とした態度で受け流しながら言った。

「簡単なことだ。俺が月野の手を握って導けば済む話だ。安全な場所まで誘導すれば、月野の身には何も起こらない。そうは思わないか？　俺こそが月野を適切に支えることができるんだ」

「いやいや、僕からしたら君たち二人とも同じだから」

二人の会話に口を挟んだのは三木志摩だ。いつもの柔和な表情とは裏腹に、厳しい剣幕だ。がしがしとした乱暴な足取りでこちらに近づいてくる。

「管狐の子どもをいじめるだけじゃなく、月野さんまでもいじめるなんて、何を考えているんだ。僕は許さないぞ！」

そして三木志摩は鴻上に険しい顔を向ける。

「僕は鴻上先生を信じているから、あなたの言うことを聞いている。でも、そこに職場を乱す意思があるというのなら……！」

「乱すつもりはない。俺の言葉は絶対で間違いはない。それはお前ならわかっているはずだが？」

そう言いながら鴻上が肩をすくめた。

「そして単純な優しさでは状況は待ってくれない。既に外界に呪いの影響は及んでいるからな……鏡が割れていた」

　鴻上の言葉に三木志摩が動きを止めた。

「……どこの？」

「あいつが使ったトイレだ。あまりに気になったから確認した。鏡が割れていた。あいつに気づかれないうちに取り替えておいたが……」

「本来は霊的保護をほどこしているというのに外的影響まで出ていたのか。それは……たしかにまずいね。それだけ呪いの影響が強まっているということか」

　そう言って激しい感情を引っ込めて顔を曇らせた三木志摩は、しばらく沈黙したのちに腕を組んで、胡乱げな瞳で鴻上に顔を向ける。

「……しかし、ということは、君は女子トイレに入ったのかい？　さすがに、それはちょっとどうかと思うよ」

「突っ込むところはそこじゃないだろう。……気持ちはわかるがね」

　冷静に口を挟む真田であった。

◆

　私は悩んでいた。

　その日に担当した患者さんの洗髪も気がそぞろだった。

あまり考えすぎてもいけないとは思ったのだが、ずっと鴻上先生の言葉がぐるぐると頭の中で巡っていた。

——私がリーダーになる。

たしかに鴻上眼科で病棟担当の看護師は私だけが人間だ。でも子狸たちだって、看護師としての仕事を長く勤めているはずだ。だが、それでも鴻上先生があいうということは、子狸たちの育成には時間がかかるか、あやかしと人間では勝手が違うのだろう。

そうはいってもリーダーは日によって違うし、いつでも私がリーダーになるわけではない。けれども、私のいるときは、私がリーダーになれば、セツちゃんのときのようなカンファレンスのトラブルは防げる。その他のことだって、リーダーという役割が正常になれば、子狸たちの業務負担は減るだろう。

でもリーダーの特性とは、一体、どうすればいいのだろう。

私は年齢の若さと、病院を転々としてきたのもあって、その日のリーダーを今までの病院では担ったことがない。だから経験はないのだ。

だが、と私はセツちゃんのことを思い出す。セツちゃんを傷つけたままでいたくない。セツちゃんのことが心配だ。まだ自分のせいだと思いこんでいるのだろうか。色覚異常は本人のせいではないのに。

患者は看護師を選べない。だから看護師はどんな患者でも適切に対応できるようになるべきだ。少なくとも私はそうありたい。

セッちゃんのために、ちゃんとしたカンファレンスをやりたい。

そうすれば少なくともセッちゃんにとって良い道が切り開けるはずだ。

休憩室に戻ると、子狸ちゃんたちが、看護師の擬態をといて、わあわあテレビを見ていた。私に気づくと、慌ててソファーからとびのこうとする。私は慌てて制止した。

「大丈夫ですよ、そのままテレビを見ていてください。邪魔をしませんから」

「ほんとに？　ほんとに見ていて大丈夫でぷか？」

こわごわとした様子で子狸ちゃんの一匹が、私のことを窺ってくる。

「大丈夫ですよ。気にしませんから」

子狸ちゃんは、わあと瞳を輝かせて、しっぽを膨らませて、ふるふると左右に揺らすと、ぴょんとソファーの上で跳躍した。そのまま、きゃっきゃとはしゃぎながら、テレビに釘付けになる。

私はそのまま子狸ちゃんの傍によると、微笑みかけた。そっと下から頭を撫でようと手を近づけると、子狸ちゃんは意図を察したのか私の手に頭を傾けてきた。ゆっくりと、優しく、その頭を撫でる。

「子狸ちゃん、どうしたら……リーダーなんて大役をできるようになるのかな」

「でぷ？」

子狸ちゃんが不思議そうな顔でこちらを見つめてくるので、ごまかすように微笑み返した。耳の付け根の辺りを指先で撫でると、子狸ちゃんは気持ちよさそうに頭を押し付けてきた。

「……なんてね。できるようになったほうがいいのは、たしかなんだけど。私にはまだ難しいのかな……」

「大役？」

後ろから声が聞こえてきた。同時に大きなあくびもだ。

驚いた私は素早く首を向けると、そこには鴻上先生が立っていた。

「こ、こ、ここここ、鴻上先生？」

「そんなに悩むところか？　よくわからないところで無駄な時間を使っているな」

鴻上先生の突然の登場に、子狸ちゃんたちが、ぴゃーと散るように私から離れていく。開きかけの扉から子狸ちゃんたちが逃げていった。どうやら鴻上先生は子狸たちから苦手意識を持たれているようだ。

鴻上先生は逃げる子狸ちゃんたちを目で追いながら、私に話しかけてくる。

「リーダーの資質というよりは、看護師としての資質が根本に大事になるところだと思うが。……基本、患者が望むように、苦痛がないようにが前提だろう」

「先生……」

鴻上先生は子狸たちが全員、休憩室から出ていったことを確認して扉を閉める。

そして、つけっぱなしのテレビの電源をリモコンで切った。

静寂の中、鴻上先生の落ち着いた声が静かに響く。

「他の看護師や医師と話して、あれは嘘だったのかと理解することもある。それだけ患者の主観という事実の影響力は広範囲だ。だからこそ、患者の意思は大事だ。そう思ったお前の行動は間違いではないと思うし、その気持ちさえあれば、なんとでもなると思うが……」

「でも、そうはいってもリーダーの適性はまた違うのでは……」

私は素直な気持ちを口にしてみる。

「……そうだな……」

顎に手を添えて少し考え込んだ鴻上先生は、ゆっくりと顔を上げた。

「俺を見習え」

「先生をですか？」

「そうだ、俺こそがリーダー適正がある。上司としても最適だ。これ以上の人材はないだろう」

きょとんとしていると鴻上先生が顔をしかめて言う。

「……なんだ、その反応は」

「い、いえ、たしかにそうだな、とは」

「お前のそんな微妙な反応を見ると、やる気がなくなってきたぞ。……まあ、俺も忙しい。他に適任者もいるしな」

鴻上先生はニタリとした笑みで言葉を続けた。

「薬剤師の草加のところに行ってみるか」

◆

「ぽんぽん、草加だぽん」

私を引き連れて調剤室にやってきた鴻上先生は、明るい笑顔で迎え入れた草加さんに対して渋い顔をした。

「ふざけた挨拶はやめろ」

「ふざけてないぽん。僕は己の役割に忠実になっているだけだぽん」

不服そうに言う草加さんを軽くいなして、鴻上先生は言葉を続けた。

「お前、人手が足らないと言っていたな。短時間でいいから、月野に手伝わせてくれないか」

「だ、だだだ、大丈夫だぽん？　人手が足らないのはどこも一緒だぽん。だから月野さんをお借りしたら、看護業務が回らなくなるのでは？　ぽん！」

「そこはお前の子狸たちで回すし、そう長い時間手伝わせるわけではない。……必要なことなんだ」

「まあ、いいでぽんよ。鴻上先生の頼みでぽんからね。……でも、何を手伝わせたいんでぽん？」

　あっさりうなずいた草加さんに、鴻上先生は私の背を少しだけ押した。

「月野に子狸たちのリーダーをやらせてみせてくれ」

「えええ、まあ、いいけどぽん」

　これまた、あっさりだ。

　戸惑う私に草加さんは言葉を続けた。

「だって鴻上先生の言葉だぽん。だいたい、その言葉にはちゃんと意味があるぽん。僕はわかっているぽんよ」

「……と、いうことだ。ここで少しコツを掴んでみろよ。何か見えてくるものもあるはずかもな」

　そう言う鴻上先生に私は悩みながらも、もう一つ考えていたことを提案した。

「わかりました。……ひとつ、お願いしていいですか」

　首をかしげる鴻上先生に、思い切って私は切り出してみた。

「もし、これで結果が出たら、私を、あの患者さんの担当にしてくれませんか」

「それは……」

　答えにまどう鴻上先生に向かって、私は頭を深く下げた。

「お願いします。チャンスをください。身勝手なことだとは思うのですが。私はもう一度、セツちゃんに接したいんです」

「ほほう、言ったな、その言葉こそ待っていた！」

「え？」

「え、ではない。お前がそれを告げるためにここまでお膳立てしたのだ。そうしてくれないと困る。さて、ならば行こうか！　仕事で頭をいっぱいにするために！　お前の理想とする看護師への道のりを！」

ふう、と息を吐き出した鴻上先生は輝くような眼差しを向けて、ゆっくりとうなずいた。それを見た私の胸のうちに、やる気が湧き上がる。

——やはり、諦めたくはないのだ。

そんなふうに活力をみなぎらせる私を鴻上先生が満足そうな表情で見ていた。

◆

「説明するまでもないと思うけれども、ここの調剤室での業務としては主に二種類、調剤業務、製剤業務があるけれども、業務を行っている子狸たちのフォローをしてほしいぽん」

「はい」

私はがちがちに緊張しながらも返事した。やり慣れない仕事への気負いを高める。

「そんな力まなくても大丈夫だぽん。……基本的に専門的なことは子狸たちがやるから、指示を出して導いてあげてほしいでぽん」

　優しい草加さんの言葉に、ふっと身体の緊張がとける。

　草加さんはそんな私の変化に気づいたのか、ふくよかな顔の頬を、さらに柔らかくゆるめた。

「調整業務にも外来患者と入院患者の分があるけど、ここでは当然、人手が足らないからみんな一緒にやってもらっているぽん。彼らは基本的に技術的には問題ないから放置しててもいいぽんだけど、とにかく最近は疲れているのでミスも多くなっているぽん。……このくらいだぽん」

「わかりました」

「まあ、あまり気負わないで、最初は様子見しているくらいがいいぽん」

　草加さんの言葉に私はうなずいた。こういう場合は、その状況がわかっている人の言葉に従うのが適切だろう。

　まずは彼らの動きを見てみよう。

　みんな、ばらばらに動いているが、それぞれ鑑査と呼ばれる処方箋内容確認も、剤形や服用量や服用方法確認である計数調剤も、機械を使った一包化調剤も、剤形や服用量などを量る計量調剤も、最後の最終鑑査も問題なく行われている。

　ただ、とにかくばらばらだ。誰かが同じことを一緒にやろうとして、慌ててその場で役割分担することが多い。また手のあいている人と忙しい人の差が激しい。忙しい人はずっと働きづくめなのか、目に見えて作業効率が落ちている。

たしか自分が今までいた病院では、こんなふうに統制がまったくとれていない作業をしていなかったはずだ。

私はしばらく見ていたが、一番、作業を重複してしまう薬剤師――この男性も子狸が擬態したものなのだろうが――に声をかけた。

「作業担当を決めませんか。さっきから他の人と同じことをしようとして、被ってやれないことが多いように見えるので……せっかくやれば作業が速いのですから勿体ないと……」

「でも僕は計数調剤が好きなんです。つい、これをやりたいと思ってしまって……」

「わかりました。じゃあ、それをメインに作業していいと思います」

そう言うなら相手の得意分野だ。彼に任せたほうがいいだろう。

そこで私は他の薬剤師に目を向ける。

「……あなたはたぶん計量調剤のほうが合っているかと思います。だって作業速度が誰よりも速くこなせていますから」

「そうなんですか？」

「はい」

そう答えると、その薬剤師はにこりと笑って「じゃあ、そうします」と答えて指示に従ってくれた。

それを見た他の薬剤師が「もしかして全員の役割分担を決めようとしていますか？」と声をかけてきた。

「別にそういうわけではないですよ」

そう私は笑顔で答える。適材適所に役割を分けたいだけだ。

「実は僕は一包化調剤が一番好きだから、こればかりやりたいです」

「いいですよ、じゃあそれでいきましょう」

私はすぐにうなずいた。本人がやりたいことをさせたほうがいい。

そもそもバラバラに作業していても、ある程度はなんとかなっていたのだ。あとは役割分担を決める空気と流れになっていたので、鑑査も最終鑑査も、それぞれ他の薬剤師に振り分ける。一番時間がかかっていた計量調剤や計数調剤については、手のあいていた薬剤師にお願いする。

最初はぎこちないものの、少し様子見すれば、役割分担した作業の流れに慣れてきたのか、最初のときより、ずっと効率よく作業速度も速く、業務をこなすことができる。

意外となんとかなるものだ。

作業のルーチンワーク化さえすれば、もっと効率の良い作業ができるだろう。

結局、私は少しだけ声がけしただけだ。

こんなことがリーダーとして適切に仕事をしたといえるのだろうか。

結果を残したといえるのだろうか。

少し不安になったが、みんな自分の得意分野で好きに楽しく働いており、さらにバラバラだった作業の統制が取れだしたので、まあいいかと心中でうなずく。これ以上、私のできることはなさそうだ、と私は、近くの製剤室で、院内で使用される製剤の調製をしている草加さんのもとに向かった。草加さんは作業の手を止めて調剤室に戻ってきた。

そうして、私は草加さんに、一通り行ったことの報告をする。それを聞いた草加さんは嬉しそうに頬をゆるませながら言った。

「なるほど……君の性質は女神だぽんね」

「め、女神ですか？」

いきなり変なことを言われてうろたえる私に、草加さんは話を続ける。

「そう、君はとりあえず、まずは何でも相手のことを受け入れるぽんよ。……つまり、私はいいよ、あなたもいいよ、の精神なんだぽんね。いいんじゃないぽん。下手に否定して波風を立てるよりは。だってみんな、自分の意見が受け入れられたら、それだけで嬉しいぽんね」

そこで草加さんは、うふふ、と口元を手で押さえながら調剤室内を見渡した。

「子狸たちの表情が擬態しているのに、さっきに比べて、みんな明るくハキハキ生気に満ちあふれているぽんよ。やはり仕事は楽しくやれるのが一番だぽんね……僕はリーダーの適性とかよくわからんぽんが、鴻上先生には、子狸たちが楽しく仕事をできるようにしてくれましたって言っておくぽんよ」

「……はい、ありがとうございます」

　私は小さく頭を下げながら言った。これで果たして鴻上先生がセツちゃんの担当に戻してくれるかどうかはわからないが、草加さんが喜んでくれて良かったと思った。

「いいえぽん。お礼を言いたいのはこっちのほうだぽん。……これで、月野さんがやりたいこと、うまくいくといいぽんね」

　そこまで言ったところで、草加さんはぐっと私の耳元に顔を近づけてきた。びくりと肩を震わせた私に「ところで……」と囁くように聞いてくる。

「鴻上先生のこと、どう思うぽん？」

「ぽん？」

　質問された意味がわからず、つい草加さんの口調を真似してしまう。

「そう、ぽんだよ、ぽん」

　どうしてこんな質問をするのだろうか。その意図が見えないまま、私は迷いながらも、言葉を選びながらも答える。

「……私のことをいつも気遣ってくれます。ありがたいです。ちょっと自信満々なところはびっくりしてしまいますけど」

「なんだ、ちゃんとそのへんはわかっているぽん。そうなんだぽん。鴻上先生はとっても良い人なんだぽん。僕も好きぽんね」

その言葉に私は力強くうなずいた。そのまま恥ずかしそうになりながらも話す。

「あとは鴻上先生は……お恥ずかしい話ながらパワハラにあいやすくて転職を繰り返していた私を、そうしないように気遣ってくれて……私はパワハラがトラウマで……そうする自分が悪いのではとも考えていて……そうじゃないって、ずっと私を励ましてくれて……ここは今までの職場と違ってみんな優しくて……こんな素敵な職場を与えてくれた先生の期待に応えるためにも頑張りたいです。だから、今回のことだって……失敗したけれども、それでも……」

そこで私は言葉を止めた。草加さんの表情がみるみるうちに強張ったからだ。

一体どうしたのだろうか。

「……月野さんはパワハラをトラウマに思っている……それで鴻上先生が、月野さんをフォローして……そして月野さんはそんな鴻上先生のために頑張りたい……そういう理解で合っている？」

たどたどしく告げる草加さんに私は困惑しながらも、小さくうなずいた。

「ええ、はい。そう、私は……それでそんなトラウマを払拭したくて、そんな中でも私は私の理想とする看護師になりたくて……だから……」

なにか変なことを言ってしまったのだろうか。不安になっていると草加さんは唇を震わせて難しい顔をした。

「……そう……」

そうして、ふらふらと草加さんは製剤室のほうに戻ってしまったのだ。

悪いと思いながらも、そんな草加さんの様子が気になったので、つい製剤室の戸を少しだけ開けて中の様子を窺うことにした。

あれは草加さんだ。

どうやら電話をしているようだ。

一体、誰と話しているのだろうか。かなり必死な様子だ。

本人は小声で話しているつもりだが丸聞こえだ。

「ねえ、やっぱり彼女にちゃんとすべてを話そうよ」

私の話だ！

さっき、私が草加さんに話してしまったことを、もしかして鴻上先生に伝えているのだろうか。

「どうにも彼女の信念を聞いているとこのままじゃいずれ破綻するように思えるんだ。……放置していると致命的に歪みが出てきそうな気がするんだ」

歪みとは？　破綻とは？

私の信念は理想とする看護師になること。そのために呪いに負けないように頑張りたい。どこもおかしなところはない。

そう考えている間にも草加さんの話は続く。

「彼女はちゃんと受け入れることができるよ。鴻上先生は心配しすぎだよ。……このまま言わないでいるほうがまずいことになるよ、さっさと彼女にすべて打ち明けたほうがいいと思うよ。そうだよ、そのほうが絶対にうまくいくよ！　……たしかに例の組織のことも気になるけどさ、そこはそこととして、彼女にちゃんと言おうよ」

不穏な単語の羅列に私の心臓が不規則に脈打つ。

組織とは何なのだろうか。

そこで私は戸から離れた。

元々この病院に大きな秘密や謎が隠されているのではとは考えていた。

だが、自分の事情に深く関係するとはまったく思ってもみなかった。

いいや、どのようなことを草加さんが鴻上先生に報告したとしても、今は関係がない。私はセツちゃんの担当に戻れるのであれば、今は何だってするだけだ。

そうは思ったが、胸に重たい棘のようなものが引っかかっているのはたしかだった。


あのあと、草加さんが鴻上先生にちゃんと伝えてくれたのか、鴻上先生はあっさりと私をセツちゃんの担当看護師として戻してくれたのだった。

頭の中には、先程、草加さんと鴻上さんが会話した内容が引っかかっているが、今は気にしないことにした。深く考えたところで、セツちゃんには関係ないだろう。ただ、落ち着いたときに、きちんと鴻上先生に確認したいとは思っていた。

◆

「草加のもとで修行してきたお前なら大丈夫だ」

詰め所で鴻上先生は、私に向かって、それだけ言った。私は笑顔のまま「はい」と力強くうなずく。あえて具体的に聞かない鴻上先生の配慮を嬉しく思う。

「俺の言葉だ、信じろ。まったく問題はない。今のお前ならできるぞ。さあ、カンファレンスのリーダーをやってみるんだ」

鴻上先生は、それだけ言った。

本当はいろいろと聞きたいことがあるのかもしれない。だけど、細かくすべてを確認しない。そこに少しだけ鴻上先生の私への期待と信頼を感じ取る。

「メンバーはどうする？」

パソコンの前に座った鴻上先生は綺麗な足を組んで、私を見上げてきた。

「霧島さんとセツちゃんのご両親……セツちゃんについては、今回も参加しなくていいと思います。……他にも三木志摩さんと真田先生……薬剤師である草加さんも加えてください。草加さんからも違う意見が聞きたいです」

「わかった。それで構わん。ちょうどいいことに、今日も霧島はあの患者の見舞いに来ているからな」

「わかりました。私から皆さんに連絡をとります」

今からなら見舞い終了直前くらいに時間を調整すれば、みんな集まってくれるだろう。そうと決まれば、ということで私はPHSで、セツちゃんのカンファレンスの提案をして、集まってくれないかお願いをしていった。

そうして時間になって、みんなが詰め所に集まったのを確認して、私は早速、話を始める。忙しい業務の合間をぬって来てくれているのだ。無駄に時間をかけるわけにはいかない。とくに真田先生は外来担当だ。それほど長く時間は取れない。

「前回の続きです。検査結果と今後の方針についてです」

「だから、あの子が色覚異常という検査結果が間違っていると思うんですよねぇ、私は」

「そうですよね。最初に言ってくれてありがとうございます」

私は、うんうんとうなずきながら、霧島さんの意見をホワイトボードに書いていく。それを見た霧島さんの表情が和らぐ。すぐに否定されると思っていたのだろう。

――だってみんな、自分の意見が受け入れられたら、それだけで嬉しい。

草加さんの言葉を思い出す。

みんなの意見を聞こう。

否定しないようにしよう。

それを意識するだけで、空気は大きく変わるのだ。

すごく基本的なことで大したことない話、だが、それだけのことが、前回、欠けていたのだ。誰も場をコントロールするものがいなかったのだ。

ただ、それだけのことが、前回はできていなかったのだ。

「父親の色覚異常の検査結果は正常だった。母親は保因者だったがな」

「そこも前回の振り返りですよね」

鴻上先生の言葉に私は大きくうなずきながら、それもホワイトボードに書いていく。

「つまり矛盾が生じている、と。どっちかの検査結果が間違えているのかな。いや、しかし、それは……」

三木志摩さんが検査技師として、それはありえないという顔をしている。私はその意見も拾い上げてホワイトボードに書いていく。

字に書いて残すことで、みんなの意識付けにつながるのだ。大したことではないが、情報の共通認識は大事だ。短い時間で行うからこそ、こうしてカンファレンスのリーダーである私がフォローしてあげたほうがいいのだ。

「こう見ているとわかりやすいね。患者さんの検査結果の正誤、患者さんの父親の検査結果の正誤。これは検査の再確認でいいんじゃないかな。たしかに検査ミスもありえるかもしれないからね」

それを聞いた草加さんが、おずおずと手を挙げた。

「……真田先生の意見は、どちらかといえば、検査ミスの可能性を追求する方向性ですよね。僕、もう一つの可能性を考えてみました。それはどちらの検査結果も正しいケースです。その場合は、色覚異常の他に、もう一つ検査が必要になります」

「……どういうことですかねぇ」

霧島さんの怪訝そうな顔に草加さんは、セッちゃんの両親を一瞥して、少しだけためらったが言葉を続けた。

「患者さんの父親が、本当に、実の父親なのかどうかの検査です」

長い沈黙が生じた。

だが、その沈黙の前、セッちゃんの母親が小柄な身体を大きく震わせた。それだけで私たちは悟ってしまった。

慌てて草加さんはフォローする。

「あくまでいろんな可能性を潰すための検査です。再検査をするなら、補助的な意味で確認したほうがいいと思うんです」

目を丸くして驚いていた霧島さんがたどたどしく言葉を紡いだ。

「……そんな馬鹿な。だが……」

そう、先程、セッちゃんの母親は動揺した様子を見せたのだ。誰にでもわかる形で。

霧島さんは椅子の下に座っていた、セッちゃんの母親を抱きかかえて真正面から見据えた。

「お前が不貞を働いていたと？　つまりは、そういうことなのですかい？」

感情を押し殺してはいるが、その震える声には怒りが滲み出ている。草加さんが汗をかきながら慌てて言った。

「いえいえいえ、検査をすればいい話ですから。まずはそんなに怒らなくても」

「……検査は必要がない。私のあやかしは、使役者である私に嘘はつけない」

そう霧島さんはきっぱりと言い切った。

「答えろ、あの子の父親は誰だ？　こいつじゃないのか」

こいつ、のところで霧島さんは、同じく足元に座っていたセツちゃんの父親に視線を移した。すぐにセツちゃんの母親をにらみつける。

セツちゃんの母親はか細い声で、

「――はい、違います」

それだけ答えたのだった。

霧島さんは脱力して、セツちゃんの母親を床におろした。そのまま頭を抱える。

「ああ、くそ……そういう……こと……だったのか」

「……色覚異常は治療していく病気ではありません。それだとわかった上で、そういう障害として付き合っていくものです」

余計なことかもしれませんが、と言いたげに鴻上先生は付け足した。

霧島さんは悔しそうに奥歯を噛み締めているような表情のまま言う。

「そんなことはわかっている。……そもそも不貞を許してしまった時点で、それがまったくわかっていなかった時点で、それを子どもに責任をなすりつけようとしていた時点で、私は使役者として失格だ」

「……それでは色覚異常の再検査はどうしますか？」

三木志摩さんの問いかけに霧島さんは静かに「必要ありません」と答えたのち、深く、深くため息を付いた。

「今回のことはセツの心に負担をかけます。時間をかけて私から打ち明けますので、内密に。ただ退院の準備だけ進めてください」

「あの……！」

私の声に霧島さんは疲れたように「なんです？」と問いかけてきた。

「霧島さんがセツちゃんのフォローをしたあとで構いませんので、私からもセツちゃんに言っていいですか。セツちゃんが悪いわけじゃないって。それだけでも、きっとセツちゃんは救われると思うんです」

その言葉に霧島さんは苦笑しながらも「構いませんよ」と答えたのだった。

◆

「うん、月野さん、良い顔になった」

三重さんの担当になって、彼女の病室に行った際に、いつものように子狸を見せにいったところ、そんなふうに三重さんに言われたのだった。

「最近、ちょっと月野さんの表情が暗かったから心配していたの。でも、今は違うわ、周囲の人たちのおかげで変わったのね」

そこで私は気付いた
鴻上先生も草加さんも、そして真田先生も私のために病院の課題を通じて成長の機会を与えてくれたのだ。

「はい！　ええ、本当に……皆さんのおかげで……」

戸惑う私に三重さんはそう微笑みかけてくれたのだ。

「どう声をかけようか悩んでいたけど、自分で解決できたのよね、月野さんはえらいわね」

「でぷー？」

三重さんの優しげな言葉に子狸が甘えた声を出す。

「ふふ、ほら、あやかしちゃんも心配していたみたいよ」

「顔に出ていたのであれば申し訳ありません」

そう私が言うと三重さんは慌てた様子で片手を振りながら言う。

「謝ることじゃないわ、でも、入院期間が長くなって、私も色々考えることがあって……あなたが落ち着いたのであれば、そろそろ相談しても大丈夫かしらって」

「相談、ですか？」

戸惑いの声を上げると三重さんは考え込むような素振りを見せながら言った。

「ねえ……私の症状……いつ落ち着くのかしら。あやかし関連なのはわかるけど、このままよくわからない状態で、本当に不安なのよ」

びくりと肩を震わせると三重さんは焦燥した声を出す。

「いきなりそんなことを言われても戸惑うわよね。私もうまく言葉にできなくて……でも、かなり不安なの……私はこのままどうなってしまうのか……あなたがいるから安心できる面があるのに」

そうだ。ここは普通の病院じゃない。

「あなたは最近、ここで働き始めたばかりなんでしょう？　だから何か気づいたことはないかしら」

そう言う三重さんの表情は真剣だ。

先生たちに相談したほうがいいように思える。

しかし三重さんの症状については私もよく知らないのだ。

自分自身の呪いですらも。そのうち死ぬほどの大きな呪いというくらいしか。

そんな私が一体、三重さんに何を言えるのだろうか。

私はもっとあやかしのことを知らなければいけない。

その思いを胸に、私は三重さんを真正面から見据えながら言った。

「わかりました。私のほうも気になることがあるので、今度私からもお話しさせていただくかもしれません」

「そう」

三重さんの返答は、どこか薄暗かった。

◆

数日後、セツちゃんが退院する前に、ちゃんと彼女と仲直りできた。

彼女は「気にかけてくれて、ありがとう」と嬉しそうに笑ってくれた。

その笑顔だけでも、看護師として働いてよかったという気持ちであふれる。

彼女の笑顔を思い出しながら、私は休憩室に戻って帰る準備をしていた。

——人の気配を感じた。

振り向くと鴻上先生が戸を開けるところだった。

「鴻上先生」

鴻上先生は私の呼びかけに自信満々の笑みで答える。

「その様子だと、うまく患者とは会話できたようだな。やはり俺のアドバイスが効果あったようだな。俺のおかげだろう。俺に感謝しろ」

こうして私のことを気にかけてくれるのは、本当に嬉しい。

「はい、先生のおかげです。先生が私を信じて、もう一度、セツちゃんの担当に戻してくれたので。草加さんのお手伝いだって……そうやって鴻上先生が裏で色々私のことを気遣ってくれたから、今の結果があるんだと思います」

言葉にするだけで温かな思いが湧き上がる。こんなに優しくて穏やかな気持ちに浸れるのは、すべて鴻上先生の導きだ。

「うむ、落ち着いているようだな」

そうして鴻上先生はゆっくり近づいて私の顔に手を近づけてきた。その距離の近さに驚いて身をびくりと震わせてしまう。

「――あやかしの患者と接するとき以外は、必ず外せと、そう言ったはずだが」

だが先生は私の眼鏡に触れただけだった。

「まだかけているんだな。それは持ち出し禁止だ。看護服と同様にロッカールームに置いておけよ」

「あ、はい、わかりました！　申し訳ありません！」

慌てて私は眼鏡を外す。そして再度、それを見直した。小さく笑いながら、鴻上先生に眼鏡を見せつける。

「この眼鏡、すごく嬉しかったんです」

「嬉しい？」

問いかける鴻上先生に私は「はい」とうなずいた。

「実は、あの日、私の誕生日で……だから、そうじゃないのはわかっているとしても、この眼鏡が、まるで自分のプレゼントのようにも思えて嬉しかったんです。これで、あやかしも視えて触ることができる。ようやく鴻上先生たちと同じラインに立てたように思えて……！」

　力いっぱい笑うと、鴻上先生は驚いたように目を丸くした。

「なるほど。誕生日だったのか。なら、早くそれを言え。それを知るのと知らないのではまったく状況が異なる」

　そこで鴻上先生は後ろで戸を完全に閉めた。その動作が、どこかぎこちなく、意味のあるように見えてしまい、私も戸惑ってしまう。

　やがて、ゆっくり近づいてきた鴻上先生は顎に手を添えながら、彼にしては珍しく私から顔を背けながら質問してくる。

「お前はラーメンだけが好きなのか？」

「はい？」

　突然の質問に、私の戸惑いは大きくなるばかりだ。

　鴻上先生は咳払いしながら言った。

「食べ物の話だ。月野はいつもラーメンばかり食べているからな」

「ああ。ラーメンも好きですけど、普通に甘いものも好きですよ」

　そう答えると鴻上先生は考え込むような仕草をした。

　急にどうしたのだろうか。

　戸惑っていると、ひどく困ったような顔で私に話しかけてくる。

「ふん、ならはっきり口にしてやろう、これから俺はお前を食事に誘う」

「えぇっ」

「急な話ではないぞ、前々から俺の中で温めていたことだ。なので、これはある意味、天命のようなものだ」

「天命……」

かなり規模のでかい話だ。鴻上先生の話を頭の中で咀嚼している間、先生はたどたどしく言葉を続ける。

「実は俺は甘いデザートを食べるのが趣味でな」

「はい」

「今度、休日に一緒にデザートビュッフェでもどうだ？ 俺からの誕生日プレゼントだ」

そう、いつもの調子で誘われてしまい、私は思わず「はい？」と甲高い声を上げたのだった。

◆

これは、もしかしてデートのお誘いなのだろうか。

私は指定されたホテル一階のカフェで身を縮こませて座っていた。

いや、きっと、そうではない。そう私はテーブルの下で拳を作り、力を込めた。

ただ鴻上先生が、おそらくデザートを食べたいだけなのだ。こんなおしゃれなカフェは、男性一人だとなかなか行きづらい。だから同行者として私を誘ったのだろう。

こちらに近づいてくる人の気配を感じた。ぱっと顔を上げると、いつもの白衣姿とは違う、ラフだがセンスの光る普段着の鴻上先生にどきりとする。

「ほう、もう来ていたのか」

「は、はい。来てしまいました」

「なんだ、その日本語は」

鴻上先生は呆れ返っている。そして普段の白衣姿とは想像つかないような、丁寧で優しい仕草で私と向かい合うようにして椅子に座った。

そこで真正面から鴻上先生を見て、私は一つの事実に気づいた。

「……鴻上先生……片目の色が……」

「ああ」

鴻上先生は片目に手を触れた。そして、水を運んできたウェイトレスに視線をやりながら言葉を続ける。

「もともと、目の色が違っていてな」

そう言う鴻上先生の双眸は、片方が少し青みがかっている。

「いつもはコンタクトレンズで隠しているんですか？」

問いかけた私に鴻上先生は考え込むようにして言った。

「今もコンタクトレンズをしている。ただカラーじゃないだけだ。患者の前に立ったときに、片方の目が異常だと、患者を心配させてしまうだろう。眼科だというのに」

「そうなんですか」

鴻上先生の小さな優しさが身にしみて、私は柔らかく目を細めた。

だからこそ自然な流れで問いかけることができたのだ。

「その眼は一体なんなんですか？」

「まあ、特殊な眼だ。……実はこの間、俺が倒れたことがあっただろう。それも俺のこの眼が原因でな。疲労もあるが、元々俺はこの眼の力を必要以上に使わないようにしている。そのため普段から身体的な負担は大きい、そこに疲労が重なるとどうしてもな」

「そんな状況下で常日頃から患者のことを考えている鴻上先生すごいです」

「そうだろう、俺はすごいだろう、もっと褒めるがいい」

得意げに笑う鴻上先生に私はさらに問いかけた。

「今日はどうして急に誕生日プレゼントと言いつつお誘いくださったんですか？　このデザートに新しいメニューが入ったからとか……」

茶化すように言った私に、生真面目な顔で鴻上先生は答える。

「いや、そうじゃない。……月野にはいつも世話になっている。だから、どんな形でもいいから、感謝の気持ちを伝えたかった。もし今までの病院勤務で疑問に思うことがあるなら、何でも言ってくれ。いつもは忙しくて、なかなかフォローできなかったからな」

「そんな……そんなことありません」

「そうだろう、俺はいつもお前をフォローしている。これはただの謙遜だとも。もっと俺を褒め称えるといい」

いつもの鴻上先生に戻ってしまったが、どこかその先生の顔には照れくささがある。

本当に私のために時間を作ってくれたのだろうか。

なら、この時間こそが私への誕生日プレゼントとでもいうのだろうか。

そして私はカフェ内を見渡した。時間制限つきのデザートビュッフェだが、季節のフルーツをあしらった豪華なデザートがこれでもかというほど並んでいる。

「とはいえ、ビュッフェは時間が限られている。俺のことは気にしなくていい、好きなように好きなものを取ってこい。俺もそうさせてもらう」

「はい」

鴻上先生の言葉に私は声を弾ませて大きくうなずき、席を立った。

「鴻上先生もデザートを取りに行ったらどうでしょう？」

私が言うと鴻上先生は、あちこちを見回す。

「今日の気分はなにかを考えている……が、そうだな。久々に人の意見を聞くのも悪くはないな。さっき見てきた中でなにかオススメのものはあるか？」

「そうですね……ホテル内にあるカフェは大体、そんなに外れはないと思うので好きなフルーツの入っているデザートを選ぶとか、どうでしょう？　あの辺りにいろんな種類のフルーツタルトがありました」

私はカフェの中央辺りを指差した。

鴻上先生は戸惑う様子で立って、そこに向かった。

それぞれのデザートを堪能する。一番美味しかったのは、意外にデザートではなく、パイン入りのピラフだ。味がしっかり濃くついていながら、パインの風味に嫌味がない。そう、普通に美味しく、いくらでもお腹に入ってしまいそうなくらい、後味もいい。濃い味とさっぱりしたパインの味がマッチしているのかもしれない。

「……先生はどうして鴻上眼科の院長をやっているんですか？」

世間話をしている中で、そう私が切り出すと鴻上先生が困惑する。

「親戚がやっていたこの病院を乗っ取ったからだ」

「乗っ取り……？」

「どうしても俺だけの病院が欲しくなってな。裏であれこれして丁重に交渉して病院を買い取った。そこからここの病院の評判は良くなったから、周囲の人間にとっては俺がここの院長になって正解だと思っているはずだ」

「でも……そんな強引な先生だからこそ、私も過去のパワハラを気にせずにここまで頑張ることができたんだと思います。……たぶん今までのパワハラは私に問題があって、それを先生の助言で私の本質を変えられたのではと……呪いにかかって逆に良い機会になったと思います。死にたくないと思ったし、そのために理想の看護師としてどう頑張ればいいのか、改めて考え直す機会になりましたから」

　私は深々と頭を下げて言う。

「すべて、先生のおかげです。ありがとうございます」

　鴻上先生が照れくさそうに後頭部をかきむしりながら返した。

「ふん、まあ俺の重要性を理解しているのであれば、それでいいが……他に何か俺に確認したいことはないか。たとえば、病院内で困っていること、気になっていることでもいい。俺で答えられる範囲なら……」

「急に質問されても何を問いかければいいか……気になっていること……でも……」

「でも？」

　鴻上先生が怪訝そうな顔をする。

　どうしようか。

　実はひとつだけあったりする。

　そう、草加さんが鴻上先生と会話していた電話の内容だ。

　このままあれをなかったことにして、流しても構わない。だが、今の鴻上先生なら受け止めてくれそうな気がしたのだ。

　今日の一件で鴻上先生との距離が縮まったようにも思えているのだ。

ティーカップを取り、少し冷めた紅茶で唇を湿らせながら考え込む。

「鴻上先生、その……」

だから思い切って切り出すことにした。

「私に隠し事をしていませんか？」

「なに」

眉根を寄せた鴻上先生に私は小さく頭を下げた。

「申し訳ありません。実は草加さんと鴻上先生が電話していたのを盗み聞きしてしまったんです」

ティーカップをテーブルに置いて、目線を下に移す。

「……私に大きな隠し事をしているような……」

鴻上先生は小さくうめき声を発した。どうやら、あまり良くない流れかもしれない。だが今更、口にしてしまったことは止められない。

「もし私がなにか思い違いをしているのであれば教えてくれませんか？　今後、一緒に働く上で、引きずりたくはないので……」

鴻上先生は今までの柔和な表情とは一転、険しい顔つきだ。しかし私に向けてではなく、己に向けられているような、そんな自己嫌悪感を抱いているかのような表情だった。

私から視線をそらしていたが、いつまでもそうしているわけにはいかないと思ったのだろう。そしてため息をつきながらも衝撃の言葉を告げたのだった。

「そうだな……まあ、草加にもああ言われたし、今のお前なら大丈夫か」

深々と息を吐きだして鴻上先生は言葉を続ける。

「はっきり言おう。俺がお前にこうして気にかけているのは、お前にかかった呪いの影響力を軽減するためだ。今の所わかっているお前の呪いの影響は二つ、これも確定ではないので話しても仕方ないがな、お前の精神が不安定になることと、もう一つ……」

そこで先生は少し躊躇するような様子を見せた
「さっきお前が口にしていたパワハラの話も、お前は自分のせいだと思いこんでいるようだが、別にそういうわけではない」

「――え？」

私は浅く息を吐きだした。そんな私を鴻上先生は指差しながら言う。

「それも呪いの影響だ。周りの人間を不用意に刺激して苛立たせる。お前を激しく憎んで嫌悪するように仕向ける。その感情は伝染して職場環境が悪くなる」

「周りの人たちは関係なく、私が原因で……それじゃあ、転職を繰り返したとしても私がいれば結局は……いいえ、私のせいで職場環境が……私が何をどうしたところでパワハラはなくならなかった。そういうことですか」

そう乾いた声で私が言うと鴻上先生は大きくうなずきながら言う。

「そうだ。はっきり口にするが、呪いの前では、お前の努力や行動などまったく無意味だ。とくに今回の件については。お前はずいぶん意気込んでいたようだが、それが精神安定剤になるならと観察していただけにすぎない」

「私の努力や行動は無意味……」

鴻上先生は少しだけ逡巡したのちに、

「ああ」

短く、それだけ答えたのだった――

ぐらり、と視界が揺れた気がした。

今まで自分を支えていた土台が、がらがらと崩れるような音がした。

第四章

「ご、ごめんなさい」

沈黙が耐えきれず、私はその場を立った。

鴻上先生の言葉をうまく受け止めきれなかったのだ。

「私……ちょっとお手洗いに行ってきますね」

「いや、待て。まだ言葉が足りていない部分が……そういう意味ではなく個人ではどうにもならない大きな組織が関係している可能性が……お、おい」

鴻上先生は居心地悪そうな目線で見上げてきたが、その視線をあえて無視した。

トイレに入った私は個室には入らず鏡の前で自分の顔を見る。

冷静を保てている。表情には出ていない。この心のゆらぎは。

――俺には、お前が必要だ。

あの言葉は嘘だったのだろうか。

涙が出てこない。ぐらぐら視界はまだ安定しないが、セツちゃんのカンファレンスで失敗したときほどのショックを受けているわけではない。吐き気だってしない。

何もかも呪いのせいだった。呪いの前では自分の行動など無意味だったのか。

今まで呪いなんてものに理不尽に人生を乱されてきたのか。

自分の行動は何もかも無意味のように思えた。自己嫌悪感にも似た感情に心が乱されてしまう。

「馬鹿みたいだ、私……」

結局、私の行動は何も意味をなさなかった。

でも、だから何だというのだろう。

鴻上先生に言ったように、現状がどうであれ、私の仕事に対する姿勢は変わらない。

それなのに、胸の中にえぐられたような痛みがある。

私は鞄の中から化粧道具を出した。口紅を取り出し、色のきつい赤を唇に塗りたくる。目立つくらいに、強く。突然こんなことをして馬鹿だと思う。それでも、そうやって化粧直しをすることで気持ちを入れ直したかったのだ。

そうして唇を引き結ぶと、ぐらぐらしていた視界がはっきりと鮮明に映し出された。

たとえ錯覚だとしても、そう見えたのだ。

精神的に不安定になると呪いの影響力が強まってしまう。そうなれば私は死ぬかもしれない。なら心を強くあらねば。

そして私はもとの席に戻った。どこか戸惑うような視線を受け流して鴻上先生に笑いかける。

「鴻上先生、お待たせしました。もうビュッフェも終わりなんで、出ましょう」

「あ、ああ、だが……」

「もう大丈夫ですから、だから……どうか、今日は帰りましょう」

何か言いたげな鴻上先生の動きを、私はきつく制したのだった。

◆

鴻上先生とカフェで会話をしてから数日後、あれから彼に詳しく聞くようなことはしなかった。私が、鴻上眼科で働き続けることには変わらないからだ。

いつまでも落ち込んでいるわけにはいかない。落ち込み続ける理由もない。

今までの病院で軽視されていた私の存在がなかったことになるわけでもなく、古傷はあるとはいえ、今はきちんと鴻上眼科のために働けている事実もある。過去に引きずられても、それを認めて前に進めることさえできれば、それで問題ない。

だが、病棟でカートを押していると急に真田先生から話しかけられて、私はびっくりしてしまった。

「カルテにも更新したんだけど、急に月野さんにお願いしたいことが出てきてね。緊急を要するから、こうして直接話しにきたんだ。電話でもよかったんだけど」

口ごもる真田先生にただならぬ雰囲気を感じ取ったので問いかけた。

「三重さんに何かあったんですか？」

「そうだね、視力が極端に落ちて幻覚症状が強くなってしまったから、もうそろそろ彼女に自分が置かれた状況を知ってもらおうと思って……ほら、前に三重さんがこの病院について気にしていると相談してもらっただろう？　あのときは僕は逆に感づいているのであれば、まだハッキリしたことはあえて言わないほうがいいと止めたけれど、こうなった以上は、もっと彼女自身の情報を、僕たちに話していないことを知り合いの君から聞き出してほしいと思ってね」

「わかりました。具体的に、どの辺りが知りたいですか？」

「たとえば月野さんと一緒に過ごした時間のことを深く聞き出してほしい。その中で……あやかしに関連するものがないか、難しいとは思うけど頑張ってほしいんだ」

その答えに私は大きくうなずいて「はい、頑張ります」と返したのだった。

◆

三重さんは寝台に横たわっていた。

「あら、月野さん。……今日はあやかしちゃんを連れてないのね」

「はい、申し訳ありません」

「いいのよ、子狸ちゃんも忙しいでしょうし」

三重さんは微笑みかけてくれた。

三重さんとは最初に働いた病院の同僚だった。

優しい嘘でも患者を癒やすことができる。それを教えてくれたのが三重さんだったのだ。
——看護師は女優のようなものだ。
思えば、眼科なのに重篤患者が多い少しおかしな病院だった。今更気にしても仕方
ないのだが。
三重さんと最初の病院について話してみよう。そう思った私は話題を切り出した。
「そういえば三重さんに看護師としてのあれこれを教わったので、今の仕事にも生き
ています」
「ありがとう。……私なんて大したことしていないわ。最初の病院は酷かったわね。
付属していた系列の学校からそのまま入ってきたとはいえ……環境が悪いせいであな
たに辛い思いをしてほしくなかったの。……看護師という仕事に悪いイメージを持っ
てほしくなかったのよ」
そう言われて私は最初の病院のことを思い出した。
入った当初は、みんな優しい人たちばかりだったのに、だんだん空気がぴりぴりし
はじめて、攻撃的で感情的なことを言う人が多くなった。悪化していくばかりの人間
関係に私は翻弄されるばかりで、結局、体調が悪化してしまい、通勤もままならなく
なって辞めてしまったのだ。
もう少し頑張りたかったという気持ちはあったのに、先に身体が負けてしまった。

「急に視力が悪くなって、変なものが見え始めたんですか？　兆候とかもなく？」

「どう答えればいいのかしら。難しいわね。……そうかもしれないわね……」

曖昧な返し方だ。

鴻上先生の言葉を思い出す。彼は私と彼女が一緒に過ごしていた時間のことを聞き出してほしいということを言っていた。

「三重さんは視力が良かったんですよね。だったら突然のことで大変でしたよね。……最初の病院でもそうですけど、看護師として仕事するなら視力がいいほうが……」

「そうね」

硬い口調で三重さんは答えた。急に警戒心を持たれたように顔をこわばらせている。

急にどうしたというのだろう。

私はめげずに最初の病院について話題を戻すことにした。

しかし同時に罪悪感を覚えていた。こんな警察の事情調査みたいなことは看護師としての仕事ではないような気がしたのだ。

「最初の病院はたしかに環境が悪かったように思いますが、徐々に人間関係が不安定になったので、きっと業務が忙しく、一人一人の仕事の負担が大きくなってしまったことで、皆さんの心に影響を与えてしまったのではないかと、そう思うんです……」

「そんなもんじゃないわ、あれは」

すぐに否定してきた三重さんの姿勢を怪訝に思う。そんなに頑なになるような質問ではないはずだ。

「あなたは何も知らなかったの？　そういうはずはないでしょう、杉浦《すぎうら》先生と一番親しかった仲でしょう？」

逆に質問を返される。

杉浦先生は、当時、私に目をかけてくれた眼科の先生だった。彼は看護大学を卒業したばかりで、社会人として働くことに不慣れだった私にいろいろ教えてくれたのだ。ただ、技術や知識的なことばかりで、実際の看護師としての心構えは三重さんから学んだのだが。

「杉浦先生からはたしかに知識や技術的なことを教えてもらいました。でも、別にプライベートで親しいわけでもありませんでしたから……人間関係が不安定になった理由なんて教えてもらったことは……」

「そういうのではなくて……あなたは手伝わなかったの？」

「なにをですか？」

「……じゃあ、あれはやっぱり私だけ……？」

三重さんは大きなため息をついて顔を伏せると黙り込んでしまった。

スマートフォンを握る手が激しく震えている。

「……？」

「三重さん？」

心配になって呼びかけると彼女は、はっと顔を持ち上げた。激しく首を振って周囲を確認しはじめる。身体を痙攣させるかのように大きく震わせて唇を何度もぱくぱく開閉させた。様子がおかしい。

「三重さん？　大丈夫ですか、三重さん？」

三重さんの焦点が合っていない。

「あ、ああ……！」

三重さんは小さく悲鳴を上げると近づいた私の手を振り払った。

「いや！　やめて、こないで近づかないで！」

三重さんの視線の先を確認したが、なにも存在しない。彼女の目には一体、なにが見えているのだろうか。

「ど、どうしたんですか？　三重さん！」

「いやぁ！　化け物！　私に近づかないでよお！　こんな、こんなの……！」

両腕を大きく振り回して暴れまわる。寝台から落ちてしまいそうだったので、慌てて彼女を支えようとしたが、それすら彼女に激しく拒絶される。

すると、バンッと激しい音がして戸が開いた。鴻上先生と草加さんだ。

「先生……これは……！」

慌てふためく私に目線だけ寄越すと、鴻上先生たちは三重さんを強く羽交い締めにする。

「あの化け物がここまで来たのよ！　誰か助けて！　私、私は何も悪いことしていないじゃない！　指示に従っただけなのに、どうして！」

三重さんは顔をぐちゃぐちゃにして意味不明なことを叫びながら泣きわめいている。

「月野さん！　どこに行ったの？　月野さぁん！」

「み、三重さん」

私の名前を呼ばれたので近づこうとすると鴻上先生に睨まれてしまう。

「下がっていろ、月野」

「はい」とうなずいた。ここは鴻上先生に任せたほうがいい。鴻上先生は器用に片目のコンタクトレンズを外すと、三重さんの顔を両手で固定させて言った。

「俺の眼を見ろ」

「……あ……」

途端、三重さんの身体から力が抜けたようで、そのまま床に座り込んだ。

「あぁ……先生ぃ、先生、どうして……私、私はあんなに……」

三重さんは、そのまま鴻上先生の背に腕を回すと、密着するかのように強く彼を抱きしめた。細い指は鴻上先生の首元に触れるかのように動く。その艶めいた仕草に驚いてしまう。

「だって秘密を守ったじゃないぃ……」

それだけ言って三重さんは意識を失った。

秘密？

なんの話だ。先生とは杉浦先生のことなのだろうか。だが私が見る限り、杉浦先生は本当に平凡な先生だった。

三重さんと杉浦先生の間に何があったのだろうか。

鴻上先生は三重さんの身体を抱きかかえると寝台の上に寝かせて布団をかぶせた。

そして三重さんの額や顔に吹き出していた汗を近くにあったタオルで拭うと、私のほうに顔を向けた。

「この患者の症状が急激に悪化したのは聞いたな」

「はい。だから情報が必要になったとも」

「月野とこの患者が勤めていた病院が気になる。……話を聞かせてほしい、月野。お前と、あの患者の関係もだ。詳しくな」

「……う、は、はい」

あまりに鴻上先生が必死の形相であったため、私は舌を噛んでしまったのだ。

◆

「三重さんは、私が最初に働いた病院での先輩でした」

休憩室に戻り、ソファーに座った私は、三重さんと一緒に働いた病院のことを話し始める。休憩室には、鴻上先生、真田先生、草加さんが座っており、私のことを真剣な表情で見つめている。

「その病院はハードワークなところで、辞める人もたくさん出ていました。辞める人が多くなるほどに一人の業務負担も大きくなり、それで病院内の雰囲気もギスギスしてきて……たちの悪い陰口やいじめも横行し始めて……さらには暴力沙汰になりそうなこともあって、私も、それに巻き込まれそうになってしまい、人間関係のトラブルが酷くなったこともあって……結局、一年ちょっと働いただけで辞めてしまいました」

「なにか、あやかしに関係するような出来事はなかったのかい？」

外来の仕事を終えたばかりの真田先生が私に問いかける。

「わ、私の呪いが……関係しているかもしれません。そ、その鴻上先生が……」

「ああ、君自身のことはひとまず置いてほしい。それ以外の話だ」

少しだけ考え込んだ私は、ゆっくりと首を横に振った。

「申し訳ありませんが、そういったものは……」

「幽霊が出たとかいう噂話は？　そういう変な噂話くらいはあっただろう？」

そう言いながら戸を開いて部屋に入ってきたのは三木志摩さんだ。ちょうど三木志摩さんも仕事が一段落したようだ。急いで、ここまでやってきたようだ。

私はもう一度首を横に振った。

「そんな……変な噂なんて。そもそも、病院と幽霊話なんて、ワンセットみたいなものじゃないですか。だから、もしかしたら、あったかもしれませんけど、正直、私は聞き流しています」

いろいろ話はあったような気もするが、すべて覚えていない。看護師として働く上で不要だったからだろう。

「月野さん自身は、そういうのに興味がなかったと。どちらかといえば、そういうこと？」

三木志摩さんの問いに私は困惑しながらもうなずく。

「はっきり言うと、そうです。どうでもいいというわけではありませんが、記憶にとどめるほどのものでもなかったんだと。人の噂話もあったかもしれませんが、正直、それも……。だから三重さんが、あんなに杉浦先生のことを口にしていましたが、まったく心当たりもありません。噂くらい、どの病院にもありますから、いちいち気にしていても仕方がありませんし」

そう一呼吸でいうと鴻上先生は頭を抱えた。そして真田先生に顔を向ける。

「……もういい、ここまでだ。これは俺のミスだ。俺がこいつに既に色々と打ち明けてしまった。このまま中途半端な状態にしたところで、逆に問題を引き起こすだけだ」

「……いや、君……それは……僕のケースで、段階をスキップして打ち明けた場合、どうなるかわからなかったわけでは……いいや……」

真田先生は私を見ながら何か言おうとしたが口を閉ざした。

なんなんだろう？

戸惑う私をよそに鴻上先生は早口でまくし立てた。

「もはやこうなった以上、隠したとしても無意味に引き伸ばすだけだ。こいつはもう、ここの病院の看護師として働けている。あやかしの事情にも慣れている。あのときのようなことは起こらないはずだ」

あのときのこと？

三木志摩さんも大きくうなずいた。

「僕も同意見だよ。三重さんの状況をみて、早く治療に入ったほうがいい。僕たちのほうで何とかなればよかったけど、それができないというのなら、結局、月野さんに協力してもらう必要があると思うよ。……月野さんを刺激したくない、その気持ちはすごくよくわかるけど」

刺激？

私の何を刺激しないようにしたいのだろう？

「鍵は月野の記憶にある。もう俺たちではどうにもならないと認めて彼女を巻き込むしかない」

鴻上先生の言葉に真田先生がまぶたを閉じた。

「…………タブレット端末を貸してくれるかな、鴻上先生」

真田先生は鴻上先生からタブレットを受け取ると、カルテの情報を確認しているようだった。三重さんのカルテだろうか。やがて深くため息をついた。

「……そうだね、人の命には代えられない。何者にも。いいよ、彼女に話そう。これで全員が賛同した状況だよ……鴻上先生」

「……わかった。三木志摩、持ってきたか」

そう鴻上先生に言われて三木志摩さんは眼鏡入れを鴻上先生に渡してくる。先生がそれを開けて私に見せてくる。

どうやらそれは、以前、セツちゃんの担当をしたときに渡された、あやかしを視るための眼鏡のようだ。

「眼鏡をかけろ、月野」

「ですが、これは、あやかしの患者と接する以外は禁止されているものでは……」

「いいから、かけろ」

鴻上先生に強く言われて、私はその眼鏡を取り、自分にかけようと腕を上げたところ、それを横から真田先生に止められた。

「え？」

うろたえる私に真田先生は厳しい視線を向けながらも言った。

「これは、いつもの眼鏡じゃないいんだよ、月野さん」

「いつもの……じゃない？」

「……うん、見てもらったほうが早いと思う。こうなった以上はね、君にはすべてに協力してもらうよ」

そう真田先生に言われて私は唇を強く結んでうなずいた。

「はい、覚悟はできています」

目を見開いた真田先生を見上げて私は言った、

「実はその、草加さんと鴻上先生の電話を盗み聞きしたことがあって……そこに気になる会話があったので……みなさんが私に隠し事をしているのは既に知っていました。だから、それが明らかになるのなら、ちゃんと知りたいです」

「もしかして、あの会話を聞いちゃったのかい？」

目を丸くして慌てふためく草加さんに私はうなずいた。

「わ、わわわわ、聞こえる場所で話しちゃったのが悪いんだよ、ごめんよ」

「いいえ。草加さんは何も。……それで私、鴻上先生と二人きりでご飯を食べに行ったときに……」

「ふ、二人きりでご飯を食べに行ったのかい？」

目を丸くして足踏みしながら口ごもる草加さんに、不思議な思いを抱きながらも私は言葉を続けた。

「ええ。デザートビュッフェを一緒に……」

「鴻上先生がデザートだって？」

何をそんなに驚いているのだろうか。

草加さんの反応に、いちいちびくっとしながらも私は喋る。

「は、はい。それで、そのときに草加さんの会話について鴻上先生に直接、確認したんです……」

そこで息を大きく吸い込んだ。

「でも、看護師として、今はこうして働いていることに変わりありませんから。採用されるきっかけを考えたところで、あまり意味はないと……」

そう喋りかけたところで真田先生が私を手で制した。

「わかった、理解したよ。ならなおさら、この先に進むといい」

あっさりした反応だった。引き下がり、ソファーに再び身を沈める。

代わりに、さっきからしかめ面だった三木志摩さんが、ちらりと鴻上先生に視線を寄越しながら私に言った。

「……じゃあ、もう僕はこれで退散するよ。月野さん、どうか自分を見失わないでね」

そう三木志摩さんは言うと私の肩をぽんと叩いて休憩室から出ていってしまった。

私は手に持っていた眼鏡をぼんやりと眺める。一体、これで私は何を視ることになるのだろうか。不安よりも戸惑いが大きい。

私は眼鏡を手にしたまま、鴻上先生に連れられて廊下に出る。そして三重さんの病室の前まで来た。

そこで鴻上先生に眼鏡をかけるよう促される。

「戸を開けて患者を見ろ。ただし病室の中には足を踏み入れるな」

重々しい響きを持った言葉に、不安が膨らみながらも私は先生に従う。

そして戸を開いて視えてきたものに、私は言葉を失った。

寝台で寝ている三重さんに覆いかぶさり、まとわりつくかのように大量に黒い影が存在している。その黒い影はよく見れば、狐や狸や犬といった、獣の手足や頭、胴体の一部に似ている気がする。

黒い影は三重さんに近づいては顔や首、そして鎖骨の辺りを舐めるような、撫でるような動きをして、少しだけ離れていく。それを何度も繰り返している。

私は一体、何を見せられているのだろうか。

だが、どちらにせよ現実のものとは思えない。おぞましいとは違う、喉がひりつくほどの違和感を与えてくる。まるで夢を見ているかのようだ。鴻上先生に言われるまでもない。こんなものが蔓延しているような部屋に、足を踏み入れることなんて、できるわけがない。

「あれ……は……」

はくはくと呼吸をしても、うまく息を吸い込むことができない。

「そんな、これは……」

こんなものを今まで、鴻上先生たちは視てきたのか。

こんなものを三重さんは目にしていたというのだろうか。

だが、それならばおかしい。眼鏡をつけて視えたということは、三重さんの症状はシャルル・ボネ症候群などではないはずだ。

これ以上は視ていられない。私は眼鏡を外した。

「……鴻上先生たちは問題ないんですか、こんなものをずっと視てきていたというのに」

「慣れているからな。……霊的保護をほどこしているから、この病院に悪しきあやかしは本来入れないはずだが、あやかしそのものではなく、こういった呪いについては強ければ強いほど、どうしてもこういう影響が出ている。それもまたある程度は抑え込んではいるんだが、限界がきている。呪い自体が強力だと、どうしてもな……」

淡々という鴻上先生に驚きながらも私は唇を噛み締めた。

「三重さんがおかしくなるのも無理はないです。こんなもの……」

「いや、あの患者が視えているのはまったく別だ。単なる幻覚にすぎない。なぜなら、霊力を持っていない。子狸たちのように霊力のない人間でも視えるあやかしならまだしも、今、月野が視たものは、霊力がなければ決して視ることはできない」

「……え？　でも、三重さんが言っていたものとそっくりでしたが」

「そうだな、じゃあ、どこで視たんだろうな。あれと似たようなものを」

そこで鴻上先生はどこか薄暗い双眸で見下ろしてくる。

「月野」

「はい。なんでしょうか」

「ついてきてくれ。もう一つ、見せたいものがある」

「え？　は、はい」

そうして連れてこられたのは処置室だ。そこにはコンタクトレンズを取り付けるために装着液や目薬などが置かれていた。

大きな鏡がたくさん並んでいる。小さな鏡ももちろん使いやすいように置いてある。

「月野、自分の顔を鏡で見ながら、そしてもう一度、眼鏡をかけろ」

なぜ鴻上先生はそんなことを指示するのだろうか。

心中で首を傾げながら私はおとなしく言うことを聞く。

そこで眼鏡のレンズを通して私は、私自身を視た。

「ひ……っ」

悲鳴だけで済んだのが不思議なくらいだった。

私の周囲にも黒い影がまとわりついていた。狐や狸や犬にも似たものが、私の頬や首筋を撫でるかのように漂っている。首や胴体の一部なのだろうか。ちゃんとした形をしたものは一匹も存在しない。ばらばらに千切れた肉片が私の周囲の空気を穢しているかのようだった。

「ああ、嘘……そんな……」

私は口元を押さえた。ふるふる震える唇を噛み締めようとしたが間違えて唇を切ってしまう。血の味に不快感を味わいながら、私はなんとか言葉を紡ぐ。

「私にも、三重さんと同じものが……」

そう、まったく同じだった。

信じられないといった気持ちで足元がぐらぐらしているような感覚だ。

どうにか足を踏ん張って立っている私の耳元で、鴻上先生がささやくように言う。

「そうだ、あの患者と月野は強い呪いを受けている。——おそらくは同じ呪いを」

◆

休憩室に戻った私を真田先生が憐れむような眼差しで迎え入れてくれる。

「今まで黙っていてすまなかったね」

その優しい声に、さっきまで感じていた不安が拭い取られていくようだ。

「いいえ、あんなもの……普通の状態なら、すぐには信じられませんから」

だから隠して正解だ。何の準備もできていない状態で、ああいったことを言われても受け止めきれなかっただろう。

私の後ろから入ってきた鴻上先生を、ちらりと見る。

だが彼は何も言わない。もはや見せられるものは見せたというような表情だ。

真田先生はやれやれというように肩をすくめて私をソファーに座るように促した。

「その調子なら大丈夫そうだね」

「はい、私が望んだ結果ですから」

真田先生の言葉にうなずく。

隠し事を知りたいと思ったのは私だ。

たしかに疲れている。私は重たい身体をソファーに身を沈めた。立っていることすら難しい。

真田先生は私に謝罪した。

「今まで言葉が足りずに申し訳なかったと思う。実は僕の娘が、あやかし関連の事件に巻き込まれて大変な目にあってね。僕も……僕の娘もそのときはあやかしについて何も知らなかったから、その無知がことを混乱させて被害を大きくさせてしまったんだ。君を信じていなかったわけじゃなく、無知という事実は僕たちの予想をこえて混乱を引き起こすこともある。だからこそ君を巻き込む決断ができずに、そんな僕のケースを知っていたからこそ、周りのみんなも、ここまで引き伸ばしてしまった。これは僕たちの失態であり、僕たちの責任だ。君がどう思い、どう非難しようと僕は受け入れなくてはいけない」

「そんな……真田先生は私のことを心配してくれたからこそ……全然気にしていません、ましてや非難だなんて」

そこで鴻上先生が言葉を補足する。

「とにかくお前がこの病院にたどり着いたことは、偶然かどうかはともかくとして、奇跡的に運が良かった」

「……でも同じ呪いにかかっているというなら、やはりおかしいです。私は別に……視力が落ちることも……それに霊力がない人間には、あやかしは干渉できないのでは？」

私の問いに真田先生がうなずきながら言った。

「普通はね。だが、そこに呪いという媒介が生じると可能になるんだ」

「そんな呪いだなんて……覚えがありません。それに三重さんのように身体に影響も出ていませんし……」

私の言葉に鴻上先生がフンと鼻を鳴らしながら言う。

「そうだな、履歴書を見ると、短期間に転職を繰り返している……それには理由があったんだ。それは、前にお前にも言っただろう」

「それは……人間関係が……すぐに悪くなって……それで……それは呪いの影響で……」

鴻上先生の問い詰めに私は口ごもる。

――すべては呪いのせいだった。

今まで病院で起こった人間関係のトラブルを思い返した。最初は優しくても、上司や同僚は私にきつく当たるようになってしまう。やがては暴力沙汰にまで発展するようなことにも。そうなる前に私は危険を察して、病院を辞めることを繰り返したのだった。

「それも、呪い……」

「お前の場合はそうだ」

鴻上先生が断言する。

そして真田先生が返してくれる。

「本来なら、ここから月野くんと彼女の共通点をもっと具体的に詳しく探すところだけど……」

「いやあああ、だれかああ、だれかきてよお！」

真田先生は言葉を止める。叫び声のするほうに顔を向けた。

三重さんの悲鳴だ。もう三重さんは限界なのだ。

「……そんな暇もなさそうだね。……鴻上先生、さすがにこの患者はもう少し特別な部屋に入れたほうがいい。このままでは他の患者に悪い影響を与えるからね」

「……南藤生《みなみふじゅう》総合病院です」

私の言葉に、二人がハッとした。

「私と先輩の一番の共通点です。私たちが勤めていた病院の名前です。まずは、この病院を調べてください」

「わかった。力を貸してほしい、月野。あの患者と……お前の呪いを解くには月野の力が必要だ」

――俺には、お前が必要だ。

その言葉を思い出す。だが、あのとき、私は浮かれるばかりで、その意味を理解しきれていなかった。その言葉を、鴻上先生がどういう思いで口にしていたのか。それを考えることすらしなかった。

鴻上先生は私をしっかりと見据えて指差した。

「はっきり言葉にするぞ。俺は決してお前を苦しめたくて、パワハラが呪いのせいだと告げたわけじゃない。お前を助けたいからだ！　そんなことで悩むのはおかしいと、お前自身には可能性があると、それを自分自身で潰すなと、そう言いたかったからだ」

声に力を込めて鴻上先生は言葉を続けた。

「お前は、お前自身を信じろ。俺は、お前を信じている」

そして私に手を差し出してきた。

「この言葉を先に口にするべきだったな。すまなかった」

その言葉とともに向けられた手を、私はゆっくりと握った。

「私は呪いを解きたいです。三重さんも救いたい。患者さんを適切に救える、そういう理想の看護師になりたいのです！」

でも今なら、わかる。そんな表面上の言葉に意味などない。その言葉を受けて私がどう行動するか、それが大事なのだ。

◆

今日は通常勤務で終わりだったのだが、三重さんのこともあるため、私は病院に泊まり込むことにした。そして本来の病院の仕事で忙しい鴻上先生や真田先生に代わり、三木志摩さんが詰め所で調べ物をする私の傍にいた。

鴻上先生は三木志摩さんを今回の件から遠ざけたかったらしいが、ちょっとした調べ物くらいなら手伝える、と三木志摩さんから言い出したのだ。

今日も入院している人がいる。だから私が働けない分は、別の子狸ちゃんたちに仕事を任せることになる。子狸ちゃんは看護師に擬態して私の傍にもいる。鴻上先生の指示なのだろう。ナースコールが鳴ったら看護師としての仕事もしないといけないが、なるべく先生は私を一人にしないようにしている。三重さんと同じように私のことも気にかけているのだ。

その事実に申し訳なさを覚えながらも、今できることをするだけだ。

だが、私と三重さんが勤めていた南藤生総合病院について、衝撃の事実を知ることになる。

「廃院……していたんですね」

二年前にすでに病院は廃院していた。まだ病院の建物自体は残っているようだ。

　私はパソコンの画面とにらめっこしながら三木志摩さんに話しかける。

「そうみたいだね。……結構、大きい病院だったのにね。当時の先生たちや看護師はどこに行ったのかな」

「ああ、その辺りは大丈夫です。今も携帯電話に連絡先が残っています」

　あらかじめ私はメモしていたものを三木志摩さんに渡した。同じリストを私も持っているため、三木志摩さんに渡しても問題ない。

「手分けして電話しましょう。こんな夜遅くですから、すぐに電話に出てくれるかどうかわかりませんが……」

「しかしよく電話番号登録していたね」

「病院用の携帯電話も用意されていたんですけど、とにかく忙しくて……すぐに捕まらないからって、なぜか個人用携帯電話のほうにも仕事の方を登録するように言われていたんですけど、それが逆にこんなところで役に立つなんて……」

「いや、まあ、うん……その鈍さが君を今まで守っていたんだろうから深くは突っ込まないけどさ……この人たち、リストの後ろからかけてみるね」

「はい、じゃあ私は上から……」

　そこで私は表情を曇らせた。一番上には杉浦先生の名前があったからだ。

　三重さんは杉浦先生のことを気にしていた。

　私からしたら小太りの、気の良い、いつもニコニコとした表情を浮かべているおじいちゃんのような先生だった。まるで熊のようなマスコット的な存在だった。あやかしはもとより、呪いといったものに関係するような人には到底、思えなかった。
首を横に振る。それを確かめるために、こうして杉浦先生に電話をするのだ。
しかし、そんな私の思いはすぐに裏切られる。

「――どうして」

電話を見て呆然とする。

――この電話番号は現在、使われておりません……。

つながらないのだ。もしかして、別の電話番号に変えたのだろうか。

それならば、他の先生や看護師などに聞いてみるのも手だろう。私はこりずにリストの次の人に電話をかけた。

――この電話番号は現在、使われておりません……。

――電話番号、間違えていませんか。

――プープープー……。

誰一人として電話につながらない。

南藤生総合病院の関係者の誰とも電話で会話することができなかったのだ。

どうやら三木志摩さんも同様だったようだ。

思いきり顔をしかめた表情で私に話しかけてきた。

「僕のかけ間違えじゃないよね、全員、駄目だったんだけど」

「私のほうもそうです。電話に出なかったり、もう使われていない電話番号だったり、別の人が出たり……全員、なにかしらの理由でつながらないんです。こんなことって……」

ありえるのだろうか。

首を傾げていると三木志摩さんが苦痛に満ちた息を吐き出した。

ぐしゃりとリストを握りつぶした彼に驚いていると、三木志摩さんがごまかすように笑みを浮かべた。

「これ……たぶん思ったより苦労すると思う。だから別の方法でたしかめようと思って……このリスト、電話番号と名前だけだけど、大体でいいから住んでいる場所も付け足してもらえるかな？　わかる範囲でいいから」

「それは大丈夫ですけど……さすがにちゃんとしたことはわかりませんよ。会話の中から、この人はこの辺に住んでいるのかな、程度だったり、年賀状を出したことがある人だったり……今もその人がそこに住んでいるかも」

「その程度で十分だよ、ありがとう」

にこりと三木志摩さんが笑いかけてくるが、目が笑っていない。

嫌な予感がする。

私は自分のリストをコピー機でコピーしたあと、なんとか記憶をたどりながら住んでいる場所も書き足していく。

携帯電話に残っていた過去の個人メールのやり取りを確認していると、杉浦先生とのメールが見つかった。そこには震災があったとき携帯電話もつながらなかった場合に備えて、杉浦先生の両親にあたる実家の電話番号が記載してあったのだ。

杉浦先生の優しさを思い出しながらも私は、この気づきを三木志摩さんに報告する。

「杉浦先生のご実家のほうなら、杉浦先生が、今どこで何をしているかわかるかもしれません」

そう嬉しそうに私は言ったが、反して三木志摩さんは「そうだね……」と浮かない顔をしていた。どうしてそんな暗い顔をしているのだろうか。

早速、私はその電話番号にかけてみる。

きちんと人がいたようで、すぐに繋がった。

私は自分の名前を名乗り、過去に同じ病院で働いていたことがあることを具体的に話し、杉浦先生の所在を確認した。

しかし――

電話はすぐに終わった。

短い時間の会話だというのに、まるで長い時間、話していたかのようだ。

電話を持つ手に汗が滲んでいる。

電話の内容を思い返していると、三木志摩さんが無表情でこちらを眺めていた。

「あ、あの……」

私はたどたどしく、先程、電話で会話した内容を告げることにした。

「――杉浦先生は、もう亡くなっているそうです。事故にあって……」

「やっぱりね」

その回答に私は目を大きく見開いた。

三木志摩さんは私から住んでいる場所を追記したリストを受け取ると、双眸にくらい瞳をたたえながらパソコンのキーボードを叩く。

「調べる手段はいろいろあるんだよ」

しばらくしたあと、三木志摩さんは私に手招きをした。

パソコンのディスプレイを指差す。おそるおそる私は画面を覗き込んだ。

そこに載っているのはいくつかの新聞記事だった。

「何人か、それらしいものを見つけたよ」

記事を見て、私は言葉を失った。

そのどれもが死亡記事だったからだ。

「まだ全員、調べていないけど、他のスタッフも無事かどうかは……」

言葉を濁らせる三木志摩さんの傍で私は、手に持っていた携帯電話を落としてしまう。慌てて拾い上げた私の横で、三木志摩さんは憐れむような目線を送ってきた。

「……全員、新聞に載っているわけではないだろうから、さすがに何人かの行方はわからないけれど……」

「だ、だいじょうぶです」

床に座り込みそうになるのをこらえながら私は、それだけ言葉にしたのだった。

結論からいうと、ほとんど亡くなっていた。

「そんな……」

それ以上は何も言えない。わからなかった人たちも、この状況なら無事とは思えない。

三木志摩さんはＰＨＳで鴻上先生と話をしているようだった。

「……鴻上先生、ここに来るってさ」

申し訳無さそうに三木志摩さんはそう言いながら、呆然と突っ立っている私に近づいてくる。

「ごめんね、僕が手伝えるのはここまでだと思う。これ以上は力になれない。無力で申し訳ないね」

「いえ、ここまでしてくれただけでも……むしろ私こそ……」

そこで言葉を止める。どう今の気持ちを言葉にしていいか、わからなくなったからだ。あまりに現実離れしていてすべてを受け止めきれない。

だが心が麻痺したままでいるわけにはいかない。

私の行動で三重さんが救えるかもしれないからだ。

――でも、どうやって。何をすれば。

看護師としての姿勢が曖昧になってしまう。そんなときに頬にふわふわしたものが当たった。びっくりして、その方向をみると、三木志摩さんが小さな鎌鼬《かまいたち》のぬいぐるみで私の頬に触れてきたのだ。

「これを僕だと思って持っていってほしい。少しでも君の気持ちが楽になるのなら……。身代わり人形というものじゃないけれど……」

そこで三木志摩さんは眉根を寄せながらも笑いかけてくれたのだ。

「全然、普通の病院じゃなくてごめんね……。君は自分のことが片付いたら辞めてもいいから、もう少しだけ頑張って」

三木志摩さんから手渡されたぬいぐるみはフェルトでできたものだった。

「ふふ、もしかして、これお手製なんですか」

「うん、僕も多少は霊力があるけど、どちらかというと君寄りの人間なんだ。だから、いつも拠り所になるものを持ち歩いているんだ。これは、先日、君が助けた患者の笠沼さんの傍にいた鎌鼬を模したものだよ」

「こういう子だったんですね……」

微笑ましくなってしまう。

心にあった陰鬱な思いが、あっという間に晴れていく。

何を戸惑っていたのだろうか。

患者である三重さんのことを考えて助けてあげたい。

その気持ちはどんな状況でも変わらないはずだ。

患者は看護師を選べない。だからこそ、担当になったのであれば、自分のできることをするだけだ。　相手のことを考えて、苦痛が少しでも早く取り除けるように。

　初心貫徹だ。私はそのために看護師になったのだ。

「三木志摩さん、ありがとうございます」

心の底から、そう伝える。

「ああ、いや、その……」

後頭部をかいていた三木志摩さんは廊下の奥を指差した。

「ほら、鴻上先生がやってきたようだよ」

見ると、首をポキポキ鳴らしながら、相変わらず目の下の隈を濃くさせた先生が、ゆっくりとした足取りで、こちらに近づいてくる。

「詳しいことは三木志摩から聞いた。今から向かうぞ」

「向かうってどこへ？」

驚いている私に鴻上先生は言葉を続ける。

「月野が最初に勤めた病院だ。廃院なのだろう。なら、いつ行っても構わんだろ」

「今すぐですか？」

「そうだ……あの患者と月野のことを思うに、これ以上は放置させるわけにはいかないからな」

「病院には僕たちがいるよ。だから気にせず行ってくるといい」

鴻上先生の後ろには真田先生が控えていたようだ。そう声をかけてくれる。

相変わらずの優しい声の響きに私は安堵するのだった。

◆

「本当に月野さんを元凶の場所に行かせて大丈夫だったのかな」

三木志摩が三人の姿を見送ったあと真田に話しかけてきた。

真田は眼鏡を外し、詰め所のパソコンから電子カルテにアクセスしながら、のんびりと返答する。

真田の眼鏡は伊達だ。周りに三木志摩しかいないのであれば、あえて印象を柔らかくするためだけに使っている道具は必要ない。

「逆だよ、助かったんだよ。これ以上とない最適解だね。逆にこのまま同じ呪いにかかった二人が同じ場所にいられても呪いの影響力が高まるばかりだったから」

――電子カルテは月野香菜。そう、あの看護師のものだ。

看護記録や基礎情報として今まで起こったことを打ち込みながら、真田は言葉を続けた。

「せめて三重さんの症状が落ち着いてくれていたら良かったんだけどね。そうもいってられなくなったから。そして月野さんの自覚してからの呪いの強まり……これは偶然じゃないね。だから一時的であっても彼女を三重さんから引き離して正解ではあったんだけど」

「偶然じゃない？」

三木志摩の問いに真田が乾いた笑みを浮かべる。

「そもそも僕はここに彼女が来たことも偶然じゃないと思っている。同時に三重さんという彼女と同じ呪いにかかった人間がここに来たことも。誰かの意思の上で、誰かに監視されているとしても不思議じゃない」

「まさか、そんな……誰がそんなことを」

呆れたように言う三木志摩に真田は軽蔑した視線を向ける。

「誰が……というなら、答えは一つしかないだろう。例の組織だ」

「……確定なのか」

「確定にするために君が調べたことを鴻上先生が裏付けを取っている最中だ」

「……でも、もしそうだとすると彼女も……」

「まあ今は、そこは考えても答えは出ないだろう。……とにかく呪いの影響力が強まっていたからこそ、どうやって、この病院から出して二人の距離を離そうと考えていたときに、鴻上先生がうまく誘導してくれたからね。本当にありがたい」

立ちっぱなしでキーボードを打ち込むのは腰にくる。そう考えた真田は椅子に座りつつ指をキーボードの上で滑らせる。

「せっかく彼女から信頼されているんだ。余計なマイナス感情を植え付けたくないからね」

「……真田先生、そういうところが……。いいんだけど、いつまでも猫を被っていても。患者受けが一番いいのが真田先生だから。いいんだけど……」

三木志摩は納得いかないというような表情をしている。

「何も悪いことはないだろう？　……どちらにせよ現場に行くなら刺激物が必要だしね。大丈夫だよ、鴻上先生はともかく草加くんがついているからね。……そう、あやかしそのものである彼がね」

そう言って真田は、ふふ、と子どものように小さく笑った。

「……猫をかぶっていても、僕には真田先生の気持ちがある程度、わかるよ。……月野さんが呪いのことを受け入れることができてよかったよね。安心したよね。……そんなに人は弱くない。あやかしのことを知って真田先生の娘が自殺したのは……単にタイミングが悪かっただけだ」

三木志摩の言葉に真田は嘲りの笑みを浮かべる。

真田は静かに昔のことを思い出す。

真田はかつて家庭を持っていた。妻と娘の三人暮らしで幸せに暮らしていたが、妻が獣憑きの家系でそれが徐々に発現してしまったのだ。家族の関係がおかしくなったが、真田は妻に憑いているあやかしが原因だと気づき、どうにかしようと奔走した。しかし、娘はあやかしを理解できなかった。真田が「あやかしのせいで母親がおかしくなった」と伝えても、娘は理解せず、両親が現実を見ずに自分をごまかそうとしているように感じられ不信感をつのらせてしまったのだ。娘は家族の仲を取り持とうとして狂言自殺をしようとするが、誤って本当に死んでしまった。それにショックを受けた母親も後追い自殺で死亡してしまった。すべてが過ぎ去った過去の話だ。取り返しがつかない。

たしかに何もかも間が悪かっただけなのだろう。

「もう、その話はいいんだよ。終わったことは、もういいんだ」

だからこそ真田はそう口にするしかなかった。

◆

車を走らせて、南藤生総合病院まで私たちはやってきたのだった。

南藤生総合病院は、あの頃よりも威圧感を与えるかのように私たちの前に立ちふさがる。

外観はそれほど変化がないはずなのに。

地域に根付いた病院でありながらも、広い敷地に立った、三階建ての建物だ。

しかし前よりも寂れているように視える。

もう春先だというのにかなり肌寒い。私は看護服から普段着に着替えて上に薄着のコートを着ているが、それでも背中に寒気を覚える。

車から降りた鴻上先生と草加さんは、病院と同じ格好だ。白衣をなびかせながら、鴻上先生にいたってはタバコまでふかしている始末だ。

鴻上先生はタバコを吸う人だったのか。あまりそんな姿を見かけたことをなかったので驚いてしまう。

「……あの、その格好、寒くないんですか？」

そう私は尋ねてしまった。

返答しない鴻上先生の代わりに草加さんがガタガタと身体を震わせながら言った。

「寒いよ、だけど、これは僕たちにとって戦闘着みたいなものだからね。ほら、ゴーストバスターズの作品に出てくる掃除屋は、それっぽい格好しているだろ。ああいう感じで、僕たちには必要な儀式みたいなもんなんだよ」

「じゃあ、私も看護服のほうがよかったでしょうか」

「必要ない。お前に似合わないからな」

ばっさり否定されて私はびっくりしてしまう。

うろたえた私に気づいたのか鴻上先生は慌てたように言った。

「今のお前はありのままのほうがいい。下手に警戒するよりは自然体のほうがましだ」

「はい、わかりました！　それにしても、もう廃院になっているけど、まだ病院自体は残っているなんて」

私は話題を変えた。

「撤去されないのもおかしな話だな。土地だって有用にできるものはあるだろうに」

鴻上先生は面白くなさそうな顔をしている。

「ううう、いやだ。僕は嫌だ、入りたくない。この距離でもわかるよ、すごく嫌な感じがびんびんだよ！」

草加さんは車に戻りたそうな顔だ。

鴻上先生はそんな草加さんの腕をつかんだ。

「そうは言っても、草加の力がなければどうにもできない事態だ。いい加減、腹をくくるべきだろうよ」

「ひっ」

「もし危険なあやかしが出てきた場合は、お前にどうにかしてもらう必要があるからな」

「ひ、酷いよ、鴻上先生だって結構やるくせに。なんでもかんでも僕に任せようとするんだからな！　これが終わったら、今度、推しのライブに付き合ってもらうんだからな！」

「なに休みが取れるのなら全国ツアーでもなんでも。ただし俺は素直な感想を口にするから、その推しとやらの歌が下手だった場合は覚悟しておけよ。……とにかく好きにしていいから、まずどこに行けばいいか教えろ。……ここがすべての元凶の場所なんだろう」

鴻上先生の言葉に黙り込んだ草加さんは私を見つめた。

「そうだね。……だから月野さん、働いていた眼科の場所を教えてくれないかな」

そう言いながら草加さんは立入禁止と書かれたテープをまたがるようにして、足を踏み出した。

◆

「こんな場所があったなんて」

病院内、草加さんの案内のもと、たどり着いた部屋の先に地下室へ向かう階段のようなものを見つけたのだ。

こんな場所があるなんて知らなかった。一年間、この病院で働いていたというのに、だ。

階段を降りようとした私を鴻上先生が制する。

そのとき、パチリと音がした。

さっきから、ずっと鳴っている。やはり廃院になってから、ずっと放置されていたため、壁や家具のあちこちが老朽化しているのだろうか。

「先程から、うるさくないですか？　もう少し静かに歩いたほうがいいのでしょうか。私たち、ちょっと乱暴に歩きすぎでしょうか？」

「そうだな、月野はそう言うだろうな」

投げやりな鴻上先生の返答に違和感を持つ。

「……もしかして、鴻上先生には別のものが視えているんですか？　私も眼鏡をかけたほうがいいのでしょうか？　持ってきていませんけど……」

「視なくていい」

私の問いに鴻上先生はきっぱりと否定した。

ピキ、パキと音はひどくなっている。

階段を降りようとした草加さんが足を止めたらしく、前を進んでいた鴻上先生も突然、立ち止まった。私は鴻上先生の背中に鼻をぶつけてしまう。悪いと言いたげな鴻上先生に「大丈夫です」とつぶやくように返した。

「うーん、思ったより酷いね、これ。たぶん月野さんのせいだと思う」

草加さんがげんなりとした顔で私を見てくる。それだけで気持ちが重たくなってしまった。本当に申し訳ないと思ってしまう。

草加さんが腕を組みながら不思議そうな顔で尋ねてきた。

「月野さん、この病院で何かあやかし関連について起こってなかったか、本当に心当たりないのかい？　もともと月野さんは鈍いほうだけど、これ、そういうレベルの問うとする。

題じゃない気もするんだよ」

「そうなんですか？　ですが……」

私はうつむいた。

本当に心当たりがないのだ。

しかし、何かしらヒントはあるかもしれない。私は必死で記憶をたどって思い出そうとする。

「そういえば、ハードワークな環境だということは申しましたが、異様に残業や呼び出しが多かったと思います。過労からか、ちょっとした事故もたくさん起きていました」

「事故？」

怪訝そうな草加さんの声に私はうなずく、

「ええ、目眩でものを倒してしまったり、階段から落ちてしまったり……そういった類のものです。あとは評価査定による個人面談も異常な数でした。頻繁に杉浦先生や、そのときの看護師長とお話をしました。……そして私は他の人に比べたら面談の数は多かったけれども残業や呼び出しの数は少なかったように思います」

「その面談で……もしかして月野の霊力を測っていたとか？　いや、まさかな。だが、ただの面談で、そんなことをして何を……」

「ここ、ただの病院じゃないよ。かなりやらかしている。それも、あやかしに対してね」

草加さんがすぐに鴻上先生の言葉を否定した。

「わかるのか？」

「そうだね。ようやく僕が同士だと気づいたようだ。僕に訴えかけている。……ちょっと待ってね、どろん！」

そうして草加さんはあやかしである大狸に姿を変えた。いつ見ても巨体でかなりの迫力だ。彼はひょうたんを上下に振りながらも鴻上先生に顔を向けながら言った。

「ここからは僕一人で行くよ。彼らと接触したい」

「会話ができるのか？　ここに生きているあやかしはいないようだが？」

「会話は難しいかもね。ここのあやかしたちとは……というかあやかしの亡骸というか……一応、思念体のようなものだから、最期の感情だけは読み取れると思う。……しかし思ったよりかなりの数だよ。とんでもない。一体、どれだけのあやかしがこの病院で亡くなったのか……」

「なんだと？」

鴻上先生は顔をしかめた。草加さんは大きくうなずいて前を――階段の下を覗き込む。

「理由はわからないけれど、かなりの数だよ。多分、この下にある場所で何かが行われていたんだと思う。今から確認しにいくんだけど、君たちはここにいてね」

「俺も行ったほうがいいんじゃないか」

鴻上先生の言葉に草加さんは頭を振る。

「ここで月野さんを一人にはしないほうがいい」

「……それだけまずいのか」

「鴻上先生もコンタクトレンズ外してみて、その眼で見たらわかると思うよ。凄まじいほどの怨念だ。しかも比較的、新しい。まだ数年もたっていない。すごく人間を恨んでいる。怖いくらいに。この僕ですら怖気づくくらいに」

草加さんは深呼吸した。白い息が吐き出される。

今の季節にしては珍しく、廃病院内は冷たい空気で満たされている。まるでこの場所だけが冬に戻ってしまったかのようだ。

「……もう一度だけ、確認するんだけど」

ゆっくりと草加さんが私のほうに首を曲げて、見つめてくる。

「本当に月野さんは何もしていない？」

「何も……心当たりはありません」

「そう、じゃあ、その言葉を信じるよ。それじゃ行ってくるね」

草加さんは大きな尾を足の間に挟み込むようにしながら、ゆっくりと階段を降りていいた。

——パチリ、と音がした。

まるでビニール製緩衝材のプチプチ部分を爪先で潰していくような音だ。

もしくは地震かなにかで建物が揺れたときに、家具が小さな音を立てているような。

集中しなければ気にもとめないような、そんな些細な異音だ。

それがやけに今は部屋中に響き渡るように聞こえるのだから不思議なものだ。

「……鴻上先生、この音はなんなのですか？」

「気にするな。今まで、どうせ気にもとめてなかったものだろう」

「それもそうですけど……」

「ちっ」

鴻上先生が舌打ちした。そしてタバコを取り出して火をつける。そのままタバコを吸い始めたが、あまり美味しくなさそうだ。

「そのタバコも意味があるんですか？」

その問いに鴻上先生が苦笑した。

「そこは察しが良いんだな。あやかしどもは不純物を嫌う。とにかくこれで妙な異音も静まるだろうよ」

「つまり、その……」

私のためにタバコを吸ってくれているのだろうか。そう言葉にしようとして恥ずかしくなった。さすがに自意識過剰だ。単に、あやかしの影響力を抑えるためだろう。

口ごもる私に鴻上先生が首のうしろに手をやり、骨を鳴らしながら言った。

「月野の、その鈍さはさすがに異常だな。……常人ならさすがに身体を崩すところだが。……あのあやかしの患者を診たときも自力で持ち直していたのは驚いたが……」

「いえ、あれは鴻上先生のおかげですから」

「へ？　は、はあ、その辺りも……いや……うーん」

私の反応に鴻上先生は明後日の方向を向いた。気まずそうな顔をしている。

私としては意外な鴻上先生の反応に、心の中がほわっとした感覚に包まれてしまう。こんな廃病院だというのに。

思わず鴻上先生から顔をそむけてしまった瞬間、階段の下から凄まじい物音と悲鳴が聞こえた。

草加さんの声だ！

「草加さん、大丈夫ですか？」

◆

二人と別れて草加はゆっくりとした足取りで階段を降りていく。

奥の方からは、あやかし独特の臭気が漂ってくるようだ。

やがて草加は足を止めた。

下まで降りる意味はない。

これだけ濃厚な臭気があるなら、すぐ傍に月野たちに呪いをかけたあやかしの怨念へ意識をつなげることができるだろう。

草加はゆっくりとまぶたを閉じた。

——どうしてこんなことに。

——たすけて。

——こわい。

——いたい。

——だれか。

——いやだ。

——くるしい。

——なおしてくれるっていったのに。

——たすけてくれるってしんじていたのに。

「酷いことを」

草加は目を開けてつぶやいた。

多くの傷ついたあやかしたちが、ここの病院に連れてこられた。あやかしの治療をしてくれるといわれて、ある組織を経由して、この病院へ。

しかし彼らは騙されたのだ。

この病院の人間たちは彼らを治療するどころか、実験動物として扱った。あやかしの臓器を人間に移植するための実験に。

数多のあやかしが犠牲となり、そのたびに怨嗟が積み上げられていった。ここで働いていた人間たちに呪いがかかるのは必然だったのだ。

「もうここに怖いことはない。大丈夫だよ」

そう声はかけたが無駄だろう。

ここにいるあやかしたちの怨念は過去の苦痛に囚われたまま、永遠に誰かを呪っている。

――いたい、くるしい、たすけて、しんじてたのに。

そりゃそうだろうとも、そう言いたくなる気持ちはわかる。

草加が心中でうなずいたとしても彼らには届かない。

救われることはない。

苦しみにのたうち回り、怨嗟を振り回すしかない。

だからといって生きている人間を苦しめていいわけがない。

そこまで考えたところで草加は苛々してしまった。

こんな寒いところで巨体をのろのろと動かして怖い気持ちになりながらも、前線に放り込まれてしまったのは、彼らのせいだ。

彼らが月野たちを呪ってしまったせいだ。

ただ何も知らずに働いていただけの人間を呪った。そんなことをしても苦痛はなくならないのに。

草加は怨念とつないだ意識を、より深く読もうと試みる。

どうやら三重という女性は手伝っていたようだから、彼女にいたっては自業自得かもしれないが。

だが彼女も肝心なことは何も知らなかった。

無知であることがそれほどまでに罪なのか。

「ばっきゃろー！」

だからこそ、つい草加は叫んでしまった。

「もう君たちは死んでいるんだよ！　いい加減にしろ！　僕の仕事を増やすな！　僕は怖いところになんて行きたくない！　ただ推しアイドルを愛でたいだけなのに！本当に大迷惑なんだよ！　僕が君たちを怨嗟ごと喰っちゃうのもできるけど、それをしないのは、僕が嫌な思いをするし、君たちなんて美味しくないから！　僕ががおーって怒っちゃって、力づくでなんとかする前に、自分たちのほうで始末をつけなさぁーい！　とにかく僕は……！」

そこまで言いかけて草加は言葉を止めた。

奥のほうから獣のようなうめき声が聞こえてきたからだ。

「あ、まずい、つい」

欲望のままに怒りをぶつけてしまった。

「呪いの原因はわかったけど、こりゃまずったな」

奥のほうから聞こえてくるうめき声は徐々に大きくなっていった。

◆

「草加さん、大丈夫ですか？」

「大丈夫じゃないから、そっち戻るようわぁぁぁん！」

泣き叫ぶような声とともに、駆けてくるような足音が近づいてくる。

階段下に懐中電灯を照らせば、暗闇からぬっと飛び出すかのように草加さんの笠が姿を現したのだ。

「やばい、やばい、変なふうに刺激しちゃった。早く病院を出よ！」

そう言う草加さんは涙を流している。

鴻上先生は私の腕をぐいと引くと、先頭をつとめて出口へと走り出す草加さんのあとについていった。鴻上先生は私の手を握り直して、そのまま気遣いを見せながら一緒に走ってくれる。

鴻上先生たちから私が離れないように気をつけてくれているのだ。

病院の外を出た頃には息が乱れていた。どうにか呼吸を落ち着かせて、外の冷たい空気を目一杯吸い込む。それだけでぼんやりしていた頭がすっきりするかのようだ。

鴻上先生は車の鍵を出しながら私たちに言葉をかける。

「一旦引くぞ、これ以上の会話は無理だということだな。……草加、お前、その尻尾……」

珍しくうめき声を上げる鴻上先生の視線の先には、ぷっつり切れた草加さんの尾があった。あんなにふわふわもこもこしていたのに、無残に途中でぷっつり切れて、痛々しい。

「う、うわわわ、僕のしっぽが切れているよ！　ど、どどど、どうしたら！　い、いつの間に！　逃げるときかな？　そんときに切られちゃったのかな！　全然気づかなかったよ！　怖いよぉ！」

「ほんとだな、綺麗に切れているな」

「冷静に言う鴻上先生嫌い！」

「そうか？　血が出ていないようだから大したことないのでは？　お前も俺が言うまで気づかなかったようだし」

「ひぃいぃん、それは事実だけど、ひどい、ひどすぎるよ。もっと僕をいたわっておくれ」

号泣する草加さんは、尾を力なく下げている。

「大丈夫なんですか？」

たまらず私は声をかけてしまう。鴻上先生はいうと草加さんを無視して、車に乗ってエンジンをかけ始めたようだ。早くこの場から離れようと考えているのだろう。

「大丈夫といわれたら大丈夫だけど……」

草加さんは車のドアに手をかけながらも、むんっと顔に力を込めたようだ。

「てい！　どろん！」

そう言葉にした瞬間、再びしっぽが生えたのだ。

「これで大丈夫。あー怖かったよ」

そして今度は人間姿に戻って車に乗り込んだ。私は鴻上先生の隣の助手席に座る。

車は無事、発進した。

遠くなっていく南藤生総合病院をフロントのミラーで確認しながら私は、大丈夫かなと、もう一度、後ろに座る草加さんを気にした。

それを別の意味に取ったのか、草加さんが重々しい口調で喋りだした。

「……あの病院にいたあれ、僕たちと同じ種類のあやかしだね。狐とか狸とか、その手のものが多かった気がするよ。だから、僕と相性が良かったというか、ある程度、思念を読み取ることができたんだよ。……人に化けるあやかしが多めだったね。それも理由があって……そのへんを考えると、しっぽを切られるくらいで済んで幸いだよ」

「それで何があった」

鴻上先生は運転しながら草加さんに返答する。

草加さんは黙り込んだ。

あの草加さんにしたら珍しい、真剣な表情と惑いだった。

さっきまで号泣していたときとは違う、もっと奥のほうからくるような、苦痛に満ちているような、そんな泣き出しそうな顔をしていた。

深く、深く、息を吐き出した草加さんは、思いつめた顔のまま、何かを決意したような感情を眼にたたえて言葉にしたのだった。

「――あの病院は罪にまみれている。あの患者の……三重さんの手もね」

◆

車の中で、草加さんからある程度の話を聞いた私は、病院に戻るなり、鴻上先生から提案された。

「今までの情報をもとに、患者自身に確認することができた。あの患者は何かを隠している。おそらく、それを引き出せるのは月野だけだ」

「でも、私は……」

自信がない。

草加さんから告げられた情報はとんでもなく衝撃的な内容だった。

――看護師は女優のようなものだ。

かつて先輩から教えてもらった言葉を思い出す。

それが患者さんの治療につながるというなら看護師として平気で嘘をつく。

優しい嘘でも、痛みが伴う嘘でも、それでも治療という先につながるのなら、それが患者さんや患者さんのご家族を救う手立てになるのなら。

看護師としてやるべきことは同じなはずだ。

「わかりました。やってみます。だって私は理想の看護師になりたいのだから！」

私は大きくうなずいた。

そして鴻上先生から身を離して、一人、三重さんの病室に向かう。

一人でいたほうが三重さんは心の内を話してくれる可能性があるからだ。

病室に入ると、三重さんはぼんやりとした様子で寝台に横になっており、天井を見つめていたようだった。入ってきた私に気づくと、身を起こすことなく、ゆっくりとした調子で話しかけてくる。

「……あら、月野さんじゃない。ふふ、おかしいでしょう。昼間はあんなに元気だったのにね。今ではこのざまよ。変なものが視えるのも酷くなっているし……まともに部屋の中ですら歩けない状況なのよ。本当に、おかしいったら……」

そこで三重さんは呆けたように力のない声で言葉を続ける。

「ねえ、さっき私が受けていた検査は何なの？　急に血液検査や眼に対してＣＴスキャンやＭＲＩなんて……少し仰々しすぎじゃないかしら。結果はいつ聞かされるの？」

私は黙ったまま、ゆっくりと寝台に近づく。

「……どうして、こうなってしまったのかしら。……私、何もしていないのに」

「果たして、本当にそうでしょうか？」

そう言って顔を覗き込んだ私に三重さんがびくりと身体を震わせた。

「三重さんは、心当たりがあるはずです。……隠し事をしているのでしょう？」

「隠し事なんて、なにもしていない、わ……」

だがその声は弱々しかった。

そこで私は最初の一手を繰り出す。

「杉浦先生に聞けば、その隠し事はわかるのでしょうか」

「杉浦先生に聞いても意味ないわよ、だ、だって、そもそも何も隠していないもの！」

なるほど、三重さんは杉浦さんが亡くなっていることまでは知らないのだ。

次の一手を出すことにした。

「そんなことはないでしょう。だって三重さん、犯罪者じゃないですか」

「——は？」

三重さんは飛び起きた。

「一体、何の話よ」

そう、彼女は心当たりがあったはずだ。自分がこうなった理由が。

彼女も立派な関係者だったのだ。

「ごまかさなくていいんです。……さっき、杉浦先生と連絡が取れたんです。そのときに三重さんのしたことも聞きました」

「杉浦先生が？　そんな……」

頭を揺らめかせながら三重さんは布団を剥ぎ取った。身を乗り出して私に噛み付くように喚く。

「そんなこと……一体、何を言ったというのよ！」

「あなたは違法の臓器移植に手を出したんですよね。仕事中のミスで視力を失うような事故にあった三重さんは、そのとき一緒にいた杉浦先生にいわれるがままに、手術を受けたんですよね」

「は、はあ？　違うわ！　私はそんなことしていない！　私はただ……」

「ただも何も……その、あなたの眼が何よりの証拠です。眼球移植を行ったのでしょう？」

問いただすようにきつい口調で言うと三重さんは狼狽した。

「は、はあ、眼球？　あなたは何を言っているの？　角膜移植よ……私のやったのは！　眼球移植なんかじゃないわ、そんなものできるわけないわよ。たしかに、あの病院が……杉浦先生に裏があるのは知っているわ、私も書類上の改ざんには手を貸していたわ……。なんだかよくわからないものも片付けさせられたわ……でもそのくらいよ！　仕方ないじゃない、黙っていないと何をされるのかわからなかったんだもの！　それの何が悪いのよ！」

「そう、ですか」

そこで私は扉のほうに顔を向けた。静かに声をかける。

「……鴻上先生……だ、そうです。三重さんの知っている情報はここまでのようです」

「そうか。嘘を言っているようには見えない。俺の眼がそれを告げている。こいつの言葉はすべて真実だ」

　鴻上先生が戸を開けて入ってきた。

　そんな先生と私を交互に見て、三重さんが手をわななかせながら、目を大きく見開いて私たちを責め立てた。

「だ、騙したのね？　こんな……酷い嘘を……どうして！」

「申し訳ありません」

　私は深々と三重さんに向かって頭を下げた。

「ですが、事実を表に引きずり出すことは、三重さんの治療の前提条件だったんです。……今の三重さんの眼は、三重さんの意思ではないんですね」

「は？　どういうことよ。角膜移植手術はしたわ……あのときは、事故でそうするしかなかったんだもの。それ自体は私の意思よ。そこはきちんと、杉浦先生は私の意思を確認してくれたわ。何も知らないくせに杉浦先生を悪者にしないで！」

「違うんです、三重さん」

　私の言葉に三重さんは唇を歪めて眉根を寄せながら、再び「は？」と声を出した。

「……じゃあ杉浦先生が非合法に移植手術したことかしら。それも知っての上よ。だって、さっきも言ったように、あのときは手術しなければ失明していたわ。完全にものが見えなくなるのは受け入れられなかったもの。だから、私は……！」

「そうじゃ、ないんです。三重さん」

声から感情を消しながら私は一歩、三重さんに近づいた。

「何がそうじゃないのか、さっぱりわからないわ。覚悟をして私の決めた角膜移植手術よ、たとえそれが犯罪に関わるものだとしても……！　それを悪く言われても私は……」

「角膜移植じゃないんです」

私の言葉に三重さんはぽかんと口を小さく開いた。

もういいだろう。

こうなった以上は、あやかしについて隠さなくても。

彼女は自分のしでかしたことを理解する必要がある。

「三重さんの眼はあやかしのもの。角膜だけではなく、あやかしの眼球そのものを移植されたんです。……三重さんは、たまたま適合したから良かっただけで、下手すると殺されていました。そんな危ない手術を、杉浦先生は三重さんには話さず、偽りのことを伝えて行ったんです。……三重さんの事故も、正直、本当に事故かどうか……」

「そんなこと……なに？　え？」

混乱している三重さんの気持ちが痛いほどにわかる。

私は、そっと鴻上先生を一瞥した。

「あの病院では、そういった、あやかしを使った移植手術の違法的な実験がたくさん行われていたんです」

　開いていた戸から一人の看護師がやってくる。それを確認して私は鴻上先生に声をかけた。

「あとは先生、お願いします」

「わかった。……おい、もとの姿に戻れ」

　その言葉とともに看護師が煙とともに子狸の姿に変化した。

　それを見た三重さんは、何度も素早く瞬きしたのちに、力なく寝台に身を沈めたのだった。

◆

　鴻上先生は放心している三重さんに淡々とした調子で話しかけていた。

「見えている変なものはすべて幻覚です。おそらく、昔、南藤生総合病院で犯罪の手助けをしたこと、その過程で偶然か巻き込まれたかで見てしまったものがトラウマとして心に根付いてしまったものでしょうね。そしてそれを招いたのは極度に視力が一気に落ちたこと、だが、その視力喪失はあなたの眼球そのものが原因でしょう」

　三重さんは力なく腕を持ち上げて自分のまぶたを触っていた。無表情のまま、先生の話を聞いている。

「あの病院は、あやかしの臓器を人間に移植する違法手術を……いや、実験を繰り返し行っていた。あなたも、その実験体にされた。そのせいであなたは呪いを受けた。その呪いが何かしらのトリガーで急激に悪化したせいで視力を一気に失ったんです」

「……呪いは、月野さんも？」

そして三重さんは虚ろな目で私に顔を向けた。

「そうです。呪いは病院で働いているもの全員を対象にしている。ただし、月野は視力を失うような影響は受けていませんが……」

「でも私……本当に資料の改ざんとか、そういうことしか手を貸していません。それなのに……！」

悲痛に叫ぶ三重さんに鴻上先生は視線をそらさずに言った。

「犠牲者であるあやかし側からしたら、あの病院で働いている人間は等しく呪いの対象だったのでしょう。そこに違いはなかったのです」

「ああ、呪い……本当にそんなものが……」

三重さんは苦痛を吐き出すかのようにつぶやいたあと、頭をかきむしった。

「でも、私は何も知らなかったのに。こんなの……こんな眼……眼球移植なんて信じられないわ。だってあやかしと人間は全然別の存在でしょう……拒絶反応が起きてもおかしくないのに。どうして私は……」

「おそらく、その条件を確認するために実験を繰り返していたのでしょう。そして、たまたまあなたは成功した」

「……どうして、私だけ……」

三重さんから恨みのこもった目線を注がれて私は唇を噛み締めた。

「月野が被害にあわなかったのは、単に、そうなる前に辞めたからです」

「そう……なの……。なら、どうすれば治るの、視力は戻るの……！」

視力について質問されたが、鴻上先生は、あえてそれは答えずに話題をそらす。

「呪いについては、あの病院にいるあやかしたちを正しき方法で弔い、鎮めることさえできれば、自然と消えていくでしょう」

「視力は戻るの？」

話を戻してきた三重さんに鴻上先生は首を横に振った。

「戻りません」

「そんな……」

「呪いがとけるのは月野だけです。あなたのは、とけません。なぜなら、あなたは月野とは違い、あやかしの眼球を、呪いの一番の原因であるものを、その身体に宿している。それを取り除かなければいけません。……今のままでは、病院で被害にあったものたちを弔ったところで、どうにもならないでしょう。今は視力を失っただけですが、そのあやかしの眼を媒体にして、今度はあなたの身体すべてを蝕むでしょう」

鴻上先生の言葉を選んでいないことが気になりながらも、私は三重さんの傍に寄り添う。

「なら、どうしろっていうのよ！」

金切り声を上げて叫ぶ三重さんは、はっとした顔で自分の瞼を触った。

「まさか……両の眼をくり抜けというの……この私に……」

答えにたどり着いた三重さんに鴻上先生は黙ってうなずいた。

「そうでなければ、あなたは視力だけではなく、その生命を失うでしょう」

「視力か命か……それをいきなり言われて突きつけられて……そんなの、すぐに決められるわけないじゃない。だって、そんな……」

三重さんは表情を絶望の色に染め上げながら、乾いた笑いを浮かべたのだった。

◆

鴻上先生はコミュニケーションが苦手な人だ。

だからこそ私がフォローしなければいけない部分があるのかもしれない。

今回のことを通じて、私は薄々それを感じ取っていた。

詰め所で草加さんと鴻上先生、真田先生を呼んで、これからの三重さんの治療方針についてカンファレンスを行っていた。

「……三重さんは視力が完全に失うのを怖がっています。視力を保ったまま、呪いをといて命を救うことはできないのでしょうか」

「そんなのできるわけが……」

否定しかけた鴻上先生を、あっさり草加さんが制した。

「あるといえば、あるよ。うーん、かなり危険が高いけどね」

「どうすんだ」

あっけにとられた鴻上先生に草加さんは苦笑した。

「ちょっとまってね」

そうして、どこからともなく小刀を取り出した。テーブルにガーゼをしいて、その上でなんと草加さんは自分の指をすぱっと切断したのだった。

あっという間だったので止める隙もなかった。

「指！　指が！」

そう慌てふためく私に、草加さんは快活に笑いながら言った。

「どうせ生えてくるから。僕のしっぽのように」

草加さんの言う通り、今日、見た草加さんのしっぽのように、あっという間に指は切断箇所から生えてきたのだった。

「これを、どろん！　とすると人間の眼になる」

そう草加さんの声に従って、指が眼球に変化した。草加さんはそれを指でつまみながら、少しだけ顔をしかめる。

「おそらく、あの病院に、狸や狐といった、あやかしの亡骸や思念体が多かったのは、人に化けられるあやかしを臓器移植用に使っていたんだよ。こんなふうに人体の一部に化けさせてもいたんじゃないかな。少なくとも、三重さんの眼にあるのは、こうして化けさせた部位だよ」

「まさか、お前のそれを……」

絶句する鴻上先生に草加さんは淡々と言った。

「そう、もう一度、今度は僕のものを使って眼球移植をすればいい。三重さんはあやかしの臓器移植に適合する人間だったから移植に成功したんだよ。なら今回だって成功する可能性はそこそこにあるはずだ」

◆

「義眼を入れたとしても失われた眼の機能は回復できない。とはいえ、一つだけ方法があります。両目をくりぬくが、義眼の代わりに、別のあやかしの眼球を移植する。本人の合意があるからこそ呪いなどは発生しないでしょう。……しかし、正確な適合条件がわからない以上、すでに長年、あやかしの眼球に適合していたという実績そのものを信じて手術をすることになります。……呪いのことを考えたら、すぐにでもその眼球を取り除かなければいけないため、考える時間もないでしょう。……どうしますか？」

鴻上先生からそんな厳しいことを言われても、三重さんは他人事のように無感情に返答するのだった。

「選択肢なんてないわ。このままだと死ぬか失明でしょう……じゃあ、やるしか……」

だがすぐに三重さんは感情的に叫ぶ。

「そんなの！　すぐに決められるわけないじゃない！　私のことを何だと思っているの！」

「そうはいっても、このままでは……」

鴻上先生の言葉に三重さんは涙を流しながら叫んだ。

「わかっているわよ、私に時間がないことくらい！　それでも！　そんな……そんなの決めるなんて無理よぅ……」

うつむいた三重さんは顔を両手で覆う。

「時間を、時間をちょうだい……こんなの……私には無理だわ……」

「……本当にすぐに決めなくていいのですか」

「いいって言っているでしょう、しつこいわね……私のことなんて……どうでもいいくせに……」

鴻上先生と三重さんは互いに視線を合わせようとしない。

そんな二人を私は不安に満ちた心を持て余しながら眺めていた。

◆

手術は一刻を争うという理由から翌日の夜に行われることになった。

難しい手術だ。

だから自然と空気がピリピリしたものになる。

私も今晩は病院に泊まることになった。

鴻上先生だけでなく、草加さんや三木志摩さん、そして真田先生も万が一のことを考えて、この病院で待機するらしい。

休憩室には私ひとりだから、みんな、それぞれ仕事をしながら部屋にいるのだろう。

三重さんのことで看護師として、何か、力になれることはないか。

ぼんやり、私はそれだけ考えていた。

周囲からは、もう十分だと、明日に備えて休憩室で仮眠を取ってほしいといわれている。三重さんに対しては一人で接触しようとするなと禁じられている。

だから今の私にできることは休むことだ。

そのとき草加さんからPHSで連絡があった。そのとき、草加さんと会話したことで私は今日、最後にやるべきことを思い出したのだ。

もう一度、繰り返そう。

鴻上先生ははっきり言葉を口にしすぎて、結果的に人付き合いが下手なのだろう。

コミュニケーションも正直、うまくとれるほうではない。

でも、お医者さんは、わりとそんなものだ。

そんなの私がよく知っていたことだ。

そして鴻上先生は決して悪い人ではない。だけど、その不器用な交流から誤解を生じさせがちなのだ。

草加さんがいうには鴻上先生は外来診察室にいるようだ。そこで明日の手術について一人集中して資料を読んでいるとのことだ。

今までずっと鴻上先生に支えられていた。

——今度は私が鴻上先生の力になる番だ。

私はその診察室の前で戸をノックした。室内から声が聞こえたので部屋に入る。

私はすうと息を大きく吸い込んで声をかけた。

「鴻上先生、用事があって参りました」

「……ほう、俺にか。だが忙しい。あとにしろ」

鴻上先生は私を見ようともしないで、そう言った。

先生はディスプレイに映っている動画を眺めていた。手術の動画だ。何度も同じところを巻き戻しては再生している。シミュレーションをしているのだろうか。

まだ三重さんは手術に了承していない。しかし鴻上先生はどうにか説得して手術させようとしているのだ。

だが、このままでは三重さんは決断できない。だから私はそれを正直に口にすることにした。

「……このままでは三重さんに手術させることはできませんよ?」

「ほう、よく言ったな」

そして先生は私に首を向けて、ため息を混じらせながら言う。

「……何のようだ、月野」

「先生は私を守るために、この病院に入れてくれた。だから今度は、私が先生を手伝う番だと思ったんです。私は、そんな先生に救われてきました。今こそ、先生の力になりたいんです。……そのためにここに来ました」

「今はいらん。……それに、それほどまでに恩を感じる必要はない。俺は俺のできることをそのときにしただけだ。特別なことをしたわけでは……」

「はい、だから私も、できることをしたいだけです。先生のために」

「今、月野にできることはない」

「いいえ、できますよ」

「なにをだ?」

鴻上先生は動画を止めて、ようやく私の顔を見てくれた。

「……先生にお説教です」

「なに」

予想していない言葉だったのだろう。短く驚いた声を出す先生に私は腰に手を当てて言った。

「……というのは冗談ですけど、まだ三重さんと、ちゃんとインフォームドコンセントができていないのでは。一方的な説明ではなくて、きちんと納得、同意をしましょうというやつです。……三重さんは、たしかに状況は把握していますが、半ば自暴自棄になって返答を保留しています、現状に納得しているわけではないのは、先生だって気づいているのでは？」

先生は押し黙る。鴻上先生だって、わかっていたのだ。私は三重さんの看護記録に、彼女の反応を記載していた。それを先生だって読んでくれているはずだ。

——問題立案必要ないように見えるが本人は納得しているわけではなく、状況に流されているだけだ。あらためて会話が必要。

それをもう一度、言葉にした。

「三重さんは会話を必要としています」

手術に絶対などない。予想外なことだってある。急変だって起きるときは起きるだろう。患者側からしたら、それが失敗に映るかもしれない。だから、そのとき、そのときにできることを丁寧にしなければいけないのだ。

聞いていたのと違う、と思わせては駄目だ。とはいえ、先生だって完璧じゃない。だからこそ看護師が間に入って補足しなければいけないのだ。

「もちろん、これから行う手術は危険です。三重さんにとっては選択の余地などほとんどない。……でも、患者さんのために、患者さんの気持ちに寄り添い、患者さんのことを何よりも第一に考える。そうすることで開けてくることもあるかと。インフォームドコンセントです、先生」

私は人差し指を立てて言葉を続けた。

「三重さんと会話をしましょう。話すべきところはきちんと話しを尽くすべきです。……こんなはずでは、と思ってしまったあとでは遅いんです。手術前に不安を訴える患者さんはたくさんいます。今回の手術はとくに難しいものです。だから三重さんが不安に思うのは当たり前です。でも、今日はいろいろあって、三重さんは、その当たり前が麻痺していて、できなくなってしまっているんです、だから――」

「ほう、この俺様にずいぶん言うな」

鴻上先生が自嘲したかのような笑みを浮かべて口を挟んだ。

私は大きく息を吸い込んで、言葉を返す。

「当たり前です、だって――医者は病気を診ていますが、私たち看護師は患者や、その家族を丸一日中、近い場所で診ているんです。私たちが患者の一番の理解者なんですから。だから、患者さんの気持ちをこうして代弁しますよ」

「……そうだな」

鴻上先生は目を細めて頬を緩めた。

「素直に人の言うことを聞く。俺は別に頑固者ではない。適切なときに適切な意見を聞き入れる。今がそのときだ。何がベストで何が良いタイミングなのか、それは俺が決めることだ」

鴻上先生は頬を緩めて、大きく息を吸い込み、吐き出しながら言った。

「月野の言う通りだ。明日、もう一度、三重さんと話をすることにしよう。……ありがとな、月野」

「……いいえ」

そして私はＰＨＳを先生に見せた。

「お礼なら草加さんに言ってください。こうして私が先生を訪れたきっかけは、草加さんからの電話です。草加さん、かなり心配していましたよ。それに……鴻上先生はかなり無理をして私を食事に誘ってフォローしていたこともわかったので」

そこで鴻上先生はばつの悪そうな表情をした。

その表情の意味を、私は草加さんから聞いて知っている。

小さく肩を揺らしながら私は言葉を続ける。

「ふふ、先生、本当は甘いものが苦手だったんですね。それなのに無理をして……」

「いや、無理をしていない。俺がやりたくてやったことだ」

「でも甘いものが嫌いだって……」

「そもそもお前は勘違いをしている。甘いものだけじゃない、ラーメンも嫌いだ。かなりの偏食家な俺は、それでも食べ物とは関係なくお前と交流したかっただけだ」

「えっ、は、はい」

急な素直な感情に私は困惑してしまう。

そんな私に気づかないで鴻上先生は言葉を続ける。

「なぜわざわざ何かをすることに言い訳や理由づくりをする必要がある。俺は自分の行動に何よりも自信を持っている。今もそうだ」

少しだけ鴻上先生は私に顔を向けた。

「お前の言葉には今まで築き上げた経験が見える。だからこそ俺はお前を信じられる」

鴻上先生は、初めて微笑みを返してくれる。

そうしてこう言ったのだ。

「これからもよろしく頼む。お前の理想を俺に見せてくれ」

幼さと純粋さの入り混じった笑顔に、私は少しだけ見惚れてしまったのだった。

◆

翌日、鴻上先生は三重さんと長く会話をしたようだ。

手術前に三重さんに会うと、昨晩よりも穏やかな表情をしていた。それが鴻上先生とのインフォームドコンセントが成功した、何よりの証だった。

三重さんは柔らかな笑みを浮かべて、こう言ったのだった。

「……あの先生を変えたのはあなたでしょう」

「え？」

戸惑う私に三重さんは言葉を続けたのだった。

「だって私と同じだったもの。……初めてここの病院に来たとき、私の顔は酷いものだったわ。だけどあなたと会って交流したあと、ほっとして、もう一度鏡を見たら、まだ酷い顔色だったけど、目元が和らいで頬が緩んでいたわ。……そう、そのときと同じ顔をしていたのよ、あの先生は」

「そうなんですか……」

「ええ、だから、あの先生はいつものように乱暴な言葉選びをしていたけれども、それでもその表情を見ることができたからこそ、あの先生に私の手術を任せてみようと思ったのよ」

三重さんは首をかたむけながら優しく目元を緩めたのだった。

「全部あなたのおかげよ、ありがとう」

その後、三重さんは手術を受け――結論からいうと手術は成功した。

移植した眼球は片目だけだ。もう片方には義眼を入れることになった。しばらく入院したあと、三重さんは無事に退院するまでに至った。

「ありがとう。月野さん」

そんなふうに柔らかく笑う月野さんの表情は、今でも色鮮やかに思い出せる。

「本当に……ありがとう……」

ふとした瞬間に涙が溢れてしまいそうになるような、そんな眩しくて儚い表情だった。

◆

退院していった三重さんを見送って私は詰め所に戻る。

私は安堵の息を漏らした。

私も既に解呪できている。

三重さんの手術は緊急だったので順番は前後したが、鴻上先生が術後に改めて病院の怨念を鎮める儀式を行ってくれた。私は呪いを受けているので儀式には参加できなかったが、無事に怨念を鎮められたようだ。その証拠に呪いは眼鏡をかけてもほとんど見えないくらいに薄れている。

完全になくなるのには時間がかかるようだが、私の生活には支障は出なくなっていた。

ちょうど鴻上先生は真田先生との立ち話をやめて、私のほうに向かおうとしていたところだった。

目の周りは隈ができており、だいぶお疲れのようだ。

私と鴻上先生が通り過ぎる間際、まるで肩と肩が触れ合うくらいの距離がすぎたあと、すっと私は後ろを振り向いた。

「……私、この病院、辞めませんからね。路頭に迷うのは勘弁ですから」

その言葉に鴻上先生は足を止めることなく、片手を振り上げただけなのを見て、私はくすりと肩を揺らした。


——患者は看護師を選べない。だからこそ私は看護師として最善を尽くすだけ。

その思いを胸に、私は一歩、前に踏み出すのだった。

終章

「よくわからないね、なぜわざわざ墓参りをする必要があるんだ」

休日、私は鴻上先生と一緒に墓参りに来ていた。柄杓と水を入れたバケツを持ちながら、ゆっくり墓地の奥に進んでいく。私の後ろから鴻上先生が声をかけてきている。

「そう思うならついてこなくても良かったんですよ、先生」

そう私が言うと鴻上先生は不満そうに言った。

「前にも言っただろう、俺は俺のしたいようにやるだけだ。人の意見を聞くつもりはない」

彼は仏花を持っている。そんな彼を私は振り向いて見ながら返答する。

「この間は私の言うことを聞いてくれたじゃないですか」

「俺だって素直に人の意見を聞くときがある。だがそのタイミングは俺が決める」

目的の墓の前にたどり着いた私に鴻上先生は問いかける。

「……質問に答えろ。なぜ墓参りをする」

「私の恩師だからです」

そう、目の前の墓は、最初の病院でお世話になった先生だ。

「その恩師とやらは犯罪者だったわけだが？」

「そうですね」

鴻上先生の問いかけにうなずきながら、私は墓に水をかける。

「ならなぜ、こんなことをする。悪人であるそいつに、こんな……」

「亡くなった方には平等に悼みの気持ちを持ちたいんです。お世話になりましたから」

鴻上先生の言葉に私は花瓶の古い水を捨てながら返答した。

鴻上先生は仏花を私に渡しながら言った。

「……そいつが、今回、一連のあやかしにまつわる事件を引き起こした組織の一員だとしてもか？」

ぴたりと動きを止めた私に鴻上先生は不敵な笑みを浮かべる。

「ふん、知らなかっただろう。もう一つ面白いことを教えてやろう」

「面白いこと……ですか？」

「お前、どうやってうちの病院を知った」

急によくわからない質問をされて戸惑いながら私は答える。

「それは……教えてくれた友人がいたので……」

「その友人とここ数年で一度たりとて顔を合わせたことは？」

「いえ、……ありませんが」

「だろうな。そいつの電話番号だ、今すぐかけてみろ。面白いことがわかるぞ」

鴻上先生に電話番号が書かれた紙を渡される。しかし、私の知っている彼女の番号とは違う。

「い、今からですか？」

「今からだ」

有無を言わさない先生の言葉に私は仕方なく言うとおりにした。そこで電話で会話した内容に私は唖然としながらも電話を終えた。口を半開きにしながらも鴻上先生に言う。

「あ、あの……彼女……ＳＮＳで私と一度も交流したことがないって……ずっと海外にいたって……」

「そうだろうなあ」

先生の予想した範囲だったようだ。私は顔をしかめながら先生に問いかける。

「それならば、どうして……私と交流していたのは誰だったんですか」

「この一連の原因である組織の一員だよ」

「組織……？」

私の言葉に先生は大きくうなずきながら言った。

「つまり、この病院を紹介した月野の友人なんて存在しなかった。お前は誰ともわからない相手をずっと友人だと思っていたんだ」

「どうしてそんなことを……」

「どうやらお前と交流して情報収集したかったようだな」

「なぜです？」

「お前は、まだ実験動物的扱いなんだろう、その組織にとって。なにせ、持ち前の鈍感さで、あれだけの呪いを受けているにもかかわらず、図太く生きてきたんだからな」

先生の言葉に小さく呻いた。

図太く生きてきたのは事実だから何も言えない。

「……」

押し黙っていると鴻上先生が得意げな調子で言葉を続ける。

「おおかた、どこまで持つのか、ずっと監視されていたのだろう。ここまで持った以上、簡単に死なれても困るから、この病院に放り込んだ。そんな人の命をなんとも思わないような奴らの一員なんだぞ、その墓の下に埋まっているお前の恩師とやらは」

――でも、まあ。

私は線香を取り出して火をつけた。墓の前に供えて、数珠を袋から出した。

「でも、私としてはお世話になった人に変わりはありません」

数珠を指にかけながら先生のほうに顔を向けて静かに言う。

「だってこの病院にたどり着けて、こうして鴻上先生に会えたのも、恩師との縁があったからこそです」

私は墓に目を向けて、ゆっくりとまぶたを閉じる。静かに手を合わせた。

そのとき、

――パン。

私は目を開けて先生のほうを見る。

どうやら勢いよく荒々しく手を合わせたため、手を合わせる音が鳴ってしまったようだ。まるで拍手したかのようだ。だが先生らしい。

彼も両手を合わせていたため、驚いて声をかけてしまった。

「先生も手を合わせてくれるのですか？」

「お前と巡り合わせてくれたのは俺も嬉しく思っているからな」

「……えっ」

「なんだ？　変なことを言ったか」

「いえ、何でもありません」

首を激しく振りながら私は小さくつぶやいた。

「その……私もです」

「なんだ？」

聞き返されて私は呻いてしまう。

――私は先生のおかげで変われた。先生もまた私に影響を受けたのだろうか。

そんな思いを封じ込めながら「いいえ、何でもありません……」とつぶやくのだった。

一二三文庫

鴻上眼科のあやかしカルテ

2020年8月5日　初版第一刷発行

著　者　鳥村居子
発行人　長谷川　洋
発行・発売　株式会社一二三書房
〒102-0072
東京都千代田区一ツ橋 2-4-3 光文恒産ビル
03-3265-1881
http://www.hifumi.co.jp/books/

印刷所　中央精版印刷株式会社

■乱丁・落丁本は、ご面倒ですが小社までご送付ください。送料小社負担にてお取り替え致します。但し、古書店で本書を購入されている場合はお取り替えできません。

■古書店で本書を購入されている場合はお取替えできません。

■本書の無断複製（コピー）は、著作権上の例外を除き、禁じられています。

■価格はカバーに表示されています。

©Iko Torimura　Printed in japan
ISBN 978-4-89199-621-5